方斎の秘薬

家康の謀（はかりごと）

今成

IMANARI Ho

文芸社

もくじ

（一）走り書き

徳川三百年の世が終わった維新後、そのずっと後のある年の初夏に、長く続く医家の蔵の壁が修復されることとなり、中の文物が外に取り出されたことがあった。

その時、一つの古い文書が当主の目に触れた。何気なく手に取ると、何代も前の父祖の私的な日誌のようであった。

頁（ページ）を繰っていると、ある頁の紙背（しはい）に、走り書きが透けて見えた。薄墨で記されており、他聞を憚（はばか）る趣があった。

判りにくい古い筆遣いの走り書きを目で追ってみると、

「……家康……政宗……清正……」

との、よく知られた戦国武将の名が読み取れた。

当主は、その有り様に気を引かれ、

「医家の日誌に、それも紙背に走り書きで、名だたる武将の名が記されているのは、どうしてだろう？」

と、改めてその走り書きを見つめた。

「これは、何なのだろう？——」

（一）旅人

冬が終わりに近づき、早や春の気配を感じさせていた。

旅人は、街道から外れて脇道へ入りかけていた。

旅人は、医者であった。名を春斎という。

医者が何故（なぜ）、その先に大きい村落のない脇道を行こうとしているのであろう？

街道は、信濃と甲斐を南北に結び、更に駿河路に繋（つな）がる古くからの往還である。

甲・信の国境の辺りは、戦国の世、甲斐・武田氏と越後・上杉氏が信濃を巡る領土拡張で鬩（せめ）ぎ合った頃、武田信玄が信越へ往来の都度、その武運を祈願した神社が程近くの高みに鎮座し、遥（はる）か遠くに富士の山を望んでいる道筋であり、表街道の他にも様々な脇道が走っている。

甲州・長沢宿は、この街道の甲・信の国境から暫（しばら）く南に下った所にあり、更に下れば甲州を東西に走る甲州道との交点・韮崎（にらさき）宿に至る八ヶ岳南麓の宿場である。

後に堂々たる本陣を構える宿場町は、一際大きい旅籠（はたご）をはじめ山間（やまあい）の狭隘（きょうあい）な田舎道には相応（ふさわ）しくないほどの豪勢な佇（たたず）まいを見せていた。

春斎は前日、この長沢宿に宿を取った。実に久しぶりであった。

「何年ぶりだろう？」

その日は朝、早めに宿を出た。行こうとしている集落は山深い所にあり、半日はかかる。街道から人影のない脇道へ入ると、程なく急な下り道となり、曲がりくねりながら谷底の方へ続いている。集落は谷底にあるのだ。道は人一人がやっと通れるほどのもので、村人が時折往来するだけなのであろう。

狭い道を下って行くと、空は見えず周りの山々の木々が眼前に迫り来て、それが曲がる度に途切れなく次々に続き、圧迫感を覚えるほどである。一人旅には勇気と忍耐を必要とする道程（みちのり）であった。

このような時、人はいつも思うのだが、人間はどうしてこのような山深い所に住むことになるのであろう？

草鞋（わらじ）の足の痛みが耐え難くなってきた頃、やっと下り道は終わり、目の前が開けてきた。山並みはいつの間にか、ようやく見えるかというほどの所まですっかり遠ざかり、行く手に広い空が一杯に広がっている。谷底にしては十分な広がりがあり、田畑も見えてきた。

「ここだ。ようやく来たな」

足が自然に早くなるのを心地よく感じながら歩を進めていると、初めてこの里に足を踏み入れた時のことが、春斎の脳裏に蘇（よみがえ）ってくる。

昨日の如（ごと）くに鮮烈な記憶なのだが、それは更に五年も前のことである。

〝医〟の師である方斎先生のお供であった。春斎がまだ年若く、医者の修業に入って間もない頃であった。

（三）弟子

春斎がまだ音丸と言った年少の頃、顔見知りの方斎に、

「お前は百姓の倅にしては頭がいいようだ。どうだ、儂の所に来ぬか、医者にしてやるぞ」

と言われ、長子でもないので親もその気になって、方斎に弟子入りしたのである。

方斎は当時、息子を二人儲けていた。

長子の左門は、小さい頃体が弱かったが、才能に恵まれて穏やかに育ち、近々父について医者の修業に入ろうとしていた。

しかし次子は、左門に似て体が弱く、暫く前にはやり病で早世してしまった。左門と同じくその才能を認めていただけに、父は悔やんだ。

「医者だというのに、なんということだ」

と、縁戚の者達からは非難の声が聞こえてきた。来訪する病人の治療に忙しくしていたので、気が付くのが遅かったのである。

この時、程なく左門も同じ病に罹りかけたが、早くに気付き、懸命な治療の結果、大事には至らなかったのは幸いであった。

年少の子供にとって年の差の違いは大きいもので、その体力の差が左門と弟の生死を分

けたのであろうと思われた。

左門は弟を、時には喧嘩をしたり、からかって泣かせたりしながらも、何くれとなく可愛がっていただけに、その弟を突然に失ったことに気落ちし、自分だけが生き残ったことに、子供心にも負い目を感じている様子であった。

方斎も、二人とも医者になることを期待していただけに、自分の不注意から大事な息子を亡くしてしまったことを悔やみ、負い目を感じていた。

そこへ、新しい弟子の音丸が来た。この新弟子は、左門の弟とほぼ同じ年頃であった。音丸はその才能をひけらかすことのない落ち着いた振る舞いで、左門とすぐよく交わり、〝兄者〟と呼んでよく兄事した。

医者の弟子としての生活の傍ら、何かにつけて左門と行を共にし、左門も、何のこだわりもなく接している中で元気を取り戻し、二人は実の兄弟のようにして育った。

父親の謀は、かくして成功を収めた。

親は子供を、然るべき志を持って、環境を整えて〝育て〟なければならないのだ。子供は、親の〝育て〟の下で育つものなのである。

（四）客人

医者の弟子といっても、医術の学びに入る前に、先ずは雑用から始まった。

掃除、器材の準備・洗浄、薬種の分別・保管・乾燥・刻み・粉砕、そして来訪する病人の受け付け・世話など、何でもある。

半年ほど経って雑用にも慣れてきた頃、いつものように忙しくしていたある日の昼下がりのことである。

「先生、客人です」

「客とな？」

「はい。お侍です」

「侍？」

方斎は一瞬しかめっ面（つら）をした。

それを見て取った音丸は、

〝先生は断るのだろうか？〟と、ふと思った。音丸は、方斎が侍を好きではないことを知っていたからである。

そうこうする間もなく、若侍が近づいてきた。供を一名引き連れている。

「岡崎松平家・家来、浅野悠之進である」

「方斎にござる。遠路、このような草深い田舎の里までよくお越し下された。して、御用の向きは？」

「主家の子息のことである。重い眼の病に難渋しておる。

配下の典医をはじめ、これぞという近在の医家達にも診させたが、既に半年になるというのに全く埒が明かぬ。

先にそこもとを評判する者から聞き及び、馳せ参じた次第である」

「半年と！　これは大事にござる。一刻も早くここへお連れなされよ。〝眼の病は時間との勝負〟と心得るが必須でござる」

「相分かった。直ちに帰り、すぐさまお連れ申そう」

若侍一行は、治療部屋を覗いた後、馬を急がせて立ち去った。

岡崎の松平といえば、この辺りではよく聞こえた豪族である。

古くから、松平郷を拠点としてなかなかの勢力を張っていたが、この数年の間に勢力を急速に拡大し、〝遠からず三州（三河）の覇者となるであろう〟と噂されていた。

方斎が侍・豪族を好きではないというのは、音丸が兄者・左門から聞いた話である。

親というのは、どういうわけか長子には、その小さい頃からいろいろな話をするものだ。

自分の生い立ちや体験、縁戚の者の動静、世の中の有り様、等々。

そして長子は、折に触れて自分が親から聞いた話を弟妹に話して聞かせるのだ。

音丸は、兄者・左門のそのような折々の話にいつも興味深く聞き入り、よく記憶した。

（五）豪族

方斎は若い頃、禅僧で僧医であった。

〝僧医〟とは、仏教寺院で僧として修行する中で習得した医の術をもって、苦行する修行僧の医療に当たった医僧のことだが、それに端を発して、当時その活躍の場は寺外にも広がっており、特に新興の武士の間では、医僧がその医療を主に担っており、僧医と呼ばれるようになっていた。

仏教寺院はかねてより、この頃は中国・明との交流を背景に、様々な先進的な文化の発信地の趣を呈しており、水墨画を能（よ）くする〝画僧〟と呼ばれた者もその類（たぐい）の一つであった。画聖といわれる雪舟はその中の一人であり、相国寺の禅僧であった。

医僧、そして僧医と呼ばれるようになった者の中では、当時名医といわれた田代三喜（たしろさんき）は妙心寺の、その弟子・曲直瀬道三（まなせどうさん）は相国寺の禅僧であった。

各地の豪族に属する僧医は、戦闘には加わらないが、陣僧として将兵の後方にあって戦場を駆け巡り、傷の手当てや死後の処置に当たっていた。

「生きているぞ」

「だめだ、こいつは助からぬ。息の音を聞くのだ」

戦闘の場に僧医は古くから存在してきたが、当初は長い間、時の世の社会通念に従って〝僧〟の役割が大きかった。

落命した者は埋葬して弔い、深手を負って助からぬ者はその最後を看取り、供養する。これが〝僧〟の部分である。

一方、手傷は負ったが助けられる者は手当てし延命を図る。これは〝医〟の部分である。しかし戦国の世になると、戦闘は大規模なものとなって日常的に頻発し、手傷を負った者が落命すればそれだけ勢力の低下となるので、豪族にとって〝医〟が重要なものとなり、僧医がその〝戦闘の医〟の担い手となっていた。

武田信玄が領内のところどころに〝隠し湯〟を備えて、傷病兵に温泉治療を施していたことはよく知られている。


豪族といってもその一族だけではなく、近隣の国人や土豪と血縁関係や同盟を結んで共闘したり、傘下に従えたりする姿が多かった。僧医も各集団に属し、その一員として動いていた。

方斎はこの地方の豪族、飯田氏直属の僧医であった。

その当時、医術の技量の程は、大変低いものだった。

打撲・骨折はまだ楽な方、切り傷も深手でなければまだ良い方で、困るのは刺し傷である。矢も厄介だが、難物は槍である。体の奥深くまで達するので難しい。

更に、伝えられるところによれば、鉄砲なるものが伝来し、出回り始めている由だが、遠くから鉛の玉が飛来して体の奥深くまで打ち入るとのことで、槍どころの話ではない。

医術の向上のためには〝各僧医がその都度体得した知見を、自分或いは自分の属する集団に留めず豪族内の僧医全体で共有し、各僧医がその後の治療に役立てる〟のが手っ取り早いと方斎は考えた。

その旨を豪族内の僧医を束ねる組頭に申し入れたところ、

「いいだろう。やってみい」

と受け入れてくれた。

方斎は直ちに直接の配下と共に実行に移した。

配下集団の僧医およびその従者の中には、表向き反対はできぬ中で、人知れぬようそれに従わない勝手な振る舞いに出た者もいたが、既に全体の決まり事となったのであるから、方斎はそれらは知らん顔して無視し、新方式を推進した。

いつの世でも、従来とは異なる新しいことをやろうとすると、それに抵抗する勢力が必ず現れるものだ。

暫くすると抵抗勢力は影をひそめ、好ましい方向に定着し始めた。

戦乱が相変わらず引き続いていた。

そんな折、飯田家の当主が急逝し、後継ぎがいなかったことから、縁戚の者が急遽当主となった。

新当主は家中で長らく勘定役を務めており、戦闘に関わった経験がないことは皆が知っていた。〝前当主の縁者ということで当人が名乗り出た〟との噂しきりであった。

にもかかわらず、当主となった直後から盛んに出兵した。

しかし、いずれも小競り合いに終始しただけで、何の成果もなかった。

将兵は、時を問わず頻繁に駆り出されて、疲弊していた。

当時の戦闘は、土豪や地侍が農兵を率いて出陣する形をとることが多かった。

兵・農の分離は、未だその機は熟しておらず、将はともかく兵には農民が多く、平時は農作業に従事していたので、農繁期にはできるだけ出陣は回避するというのが当時の戦の実情であった。

だが集団戦に勝つためにはできるだけ多くの兵が必要であるから、なんとしても兵の動員態勢を整えなければならないのだ。

一方、農民もいろいろな戦闘絡みの賦役を頻繁に課せられて、人手不足となって農作業に支障を来し、収穫も儘ならぬ中、年貢の取り立ては厳しくなるばかりで不満を募らせていた。

方斎はこの乱れた状況を見るにつけ、当主の然るべき配慮に欠ける無策と思える有り様に、将来を危惧していた。

そんな折に、無理を押して近在の地に攻め入ることとなった。

その地は古くからの土豪が支配しており、嘗ては相当な勢力を有して近隣に恐れられていたが、内部の権力争いなどが続いて近年は弱体化していた。

周辺の諸勢力はそれぞれの身の回りの小競り合いで手一杯で、その地は空白地帯となっていたのである。

そこに前当主が目を付け、かねてより工作を行って来ていたが、有力な内応者が現れたことから、この機に出兵となった。

傘下の縁故軍団を先鋒とし、直属の軍団は後備となった。

ところが内応者の裏切りが功を奏し、先鋒隊の攻撃で相手方は為すところもなく瓦解し、勝敗は早々に決着した。思いもかけぬほどの大勝利であった。

周辺の諸豪族は驚き、飯田家とその新当主は一躍注目される存在となった。


当主は程なく、内応者と戦闘を担った先鋒隊の長を重職に就け、戦闘に参加した者達それぞれを、順次組頭に任じ始めた。

或る時、方斎がそれを布告する何回目かの高札を見ていると、その側でじっと見入ったまま動かない者がいた。その者は方斎と同じく本家直属の者で、方斎も見知っており、その力量を認めていた者であった。

しかし、本来彼の役職名の所にあったのは、その者の名ではなく、ただ先鋒隊にいただけの格下の者の名前であった。

方斎は唖然とし、その者の心中は如何ばかりかと思い遣った。

他の役柄についても全く同様であり、その後の布告に於いても同じく続いた。

この一連の布告については、方斎だけでなく多くの者が驚いたが、

「明らかに、先の戦いの行賞だ」

と噂した。しかし、首を傾げる者は多かった。

「あの者達は、たまたま先鋒に属して先手に加わり、内応者の裏切りのおかげで運良く勝利しただけではないか」

しかし、この論功行賞の名の下での不条理と思われる処遇について、大勝という大義名分を掲げる当主のなりふり構わぬ勢いの中で、それに抗い意見する者は誰もいなかった。

暫くして、方斎が治療所で傷ついた者の手当てをしていると、通りかかった知り合いの者が、

「おぬしのところが高札に出ているぞ。他の者の名前になっている」

と言って立ち去った。

方斎は最初、何のことか分からなかったが、すぐに悟って絶句した。不条理としか思われぬ論功行賞の波はまだ終わっておらず、自分の所にも押し寄せて来たのだ。

治療を終えて高札の所へ行ってみた。すると、自分の役柄についても、確かにその戦闘に参加した者の名前があった。その者は、なんと自分の進めた新しい取り組みに対する抵

抗勢力の旗頭の者であった。

「どうしてかの者が？」

と思いながら、為す術（すべ）もなく途方に暮れた。

これから更に進めていきたいと考えていた事々が、自分の手からスッと音もなく流れて消えるのを覚えた。

何よりも、前組頭の指示の下、抵抗勢力もある中で努力を共にしてきた配下の者達が、自分が整えてきた新しい枠組みの中では新組頭に従わざるを得ず、声もなく自分から離れていくことに、例えようのない喪失感を覚えた。

「自分が取り組んできた新しい試みが、当主に知られていなかったのか。或いは、知っていても、自分の不明ぶりを認めることとなるので、知らん顔をしたのか」

と考えを巡らせてみたが、結局のところ、

「自分の名を上げてくれた者達を取り立てて、ただただ自分の権力を強くしようとしたのだ」

と憶測する他に術はなかった。

「周りの者に尽くせば、それを正しく見ている人がいて、然るべき扱いは後から付いてくる」

という方斎の基本的な処世の考え方が、否定されたのだ。

方斎は、目先の論功行賞はさることながら、このような不条理な扱いを許すこの集団そのものの有り様に失望して、信頼感を失い、自分の身の置き所がなくなったと感じた。かねてより、この当主の施策を好ましく思っていなかったところでもあり、これを機にこの豪族の元を離れる決意をした。

前組頭は、方斎の医の技量・人柄を高く認めていたので慰留したい気配を見せたが、この当主の下では何も言うことはなかった。

(六) 宮大工

飯田家を辞した方斎は、伊那谷を経由し、三州街道を南に下った。暫く下った後、街道沿いの医家に寄寓した。

飯田家に出入りしていた薬売りからかねてより聞き及び、口利きを頼んでおいたのである。

戦場の医術と市井の医術ではいささか異なると思われたので、市井の医術を学ぶためである。

薬売りは相当に広い範囲を渡り歩くので、薬・医に関わるいろいろな情報を持ち合わせている。この医家も出入り先の一つであった。

当初〝一年は必要〞と言われたが、方斎は八か月で一通りの術を習得し、市井の医家を名乗ることを許された。

その間、聞くところによれば、飯田家の当主は、方斎が立ち去った後、程なくして、先の大勝利の余勢を駆って隣地に攻め入ったが大敗北。〝先の大勝利は先代からの周到な手筈の賜物であるとの認識が欠如していたため〞と噂された。

そうこうしているうちに、先の大勝利で手に入れた地に近隣豪族が攻め入り、為すところもなく奪われてしまった。

飯田家は、その後衰退の一途を辿り、戦国の世の荒波の中に消えてしまった。

方斎は医家に寄寓中、生涯忘れ得ぬ体験をした。

半年が過ぎて基本的な医術が身に付いた頃、師匠から一人の病人を診るように言われた。

「治すのは難しいと思うが、できるだけのことをしてやってくれ」

その男は難病を患っていた。治す手立てがないのだ。辛い症状を暫し和らげるのがせめてもの治療であった。それでも時折、小康状態が暫く続くことがあった。

そんな折は、方斎に己の身の上を語った。

「儂はこの近くの寺の普請のため、奈良からやって来た宮大工だが、棟上げまでこぎつけたところで激しい痛みに襲われてここに運び込まれ、そのまま今日に至っているが、棟梁として落成まで見届けなければならないのだ」

と。また、

「儂の郷里は甲州だが、若い頃、名主をしていた父親と大喧嘩をして家を飛び出し、各地を転々と渡り歩いて、奈良に至って宮大工に弟子入りし、腕を磨いた。

この近くでは遠州鷲津の名刹・本興寺の普請を師匠の棟梁の下で立派に成し遂げ、檀家の娘と夫婦になった。その後普請を任される棟梁となり、奈良に家を構えて子供も出来た。

その間も望郷の念は絶えることはなく、〝妻子にも儂の故郷を見せてやりたい〟という思いは募るばかりだが、今にしてみれば些細なことで出奔した儂の身勝手さは何とも後ろめたく、まだ一度も帰ったことがない。弟がいたので跡取りの心配はなかったが……」

更に、

「郷里といえば、儂の父親から聞いた話だが、父親が子供の頃、父親の父、即ち儂の祖父がある日、突如激痛に襲われて身動きさえできなくなった。その時、曾祖父が、

『待ってろ、儂が薬草を取ってきてやるからな』と言って、握り飯と竹筒（水筒）を持って山に出かけたが、その晩は帰って来ず、皆が心配していたところ、翌日の昼頃、手・足・顔など擦り傷だらけになって、ひょっこり戻って来た。

『なかなか見つからなくてよ。でもこれだけ採れたぞ』と言って、腰に提げた袋を開けると、片手に載ってしまうほどの薬草が五つ六つ入っていた。それをすり潰して煎じると、小さな茶碗(ちゃわん)に一杯ほどとなった。

『一度に全部飲むんじゃないぞ。ほんの少しずつ間を置いて飲むんだ。全部一度に飲んだら死んでしまうぞ』

祖父は少しずつ口に含むようにして、何日もかけて飲んだ。すると痛みはいつの間にか消え、自分で歩けるようになった」

と。そして男は、

「儂のこの病は祖父の時のと似ている気がする」

と付け加えた。

方斎がその薬草のことを考えているうち、この男は、ある日の夜も明けやらぬ頃、誰に

看取られることもなく、卒然としてこの世を去ったのである。

　男の枕頭に寄ったその瞬間、方斎は「あっ」と呻（うめ）いた。

「儂は、この男に何をしてやったというのか！　男と話をする中で儂は何故、『お前は立派に生きたではないか。その自分を褒めてやれ』と言ってやらなかったのだ！　この男は、世の中の辛苦を一人で背負って旅立ってしまったのだ」

　そして方斎は、

「儂は、病に苦しむ人々に対して、これまで、目の前の病を治すという〝医〟の〝術〟のみを考えていて、〝心〟を看るということが全く頭になかったのではないか」

　と思い至り、その事実に愕然（がくぜん）とした。

　このことは方斎の心に奥深く刻まれ、忘れ得ぬ苦い記憶となった。その後終生、折に触れて思い出され、自戒の助けとなる一方、心を苛（さいな）むものとなった。

（七）若者

岡崎松平の若侍が突然に訪ねて来たその翌日、朝早くに馬蹄の響きが、時ならず村中にこだました。

朝の農作業を始めたばかりの村人は、何事かと作業の手を止めて眺め遣った。十騎ほどの侍の一団が駆け抜けて行く。この静かな山里に侍の集団が現れることなど、ついぞなかったのである。

侍の一行は、方斎の家宅の前で止まった。

方斎が出てみると、まだ若いが身なりの整った侍が、馬から下りて近づいて来る。

「岡崎松平家・家臣、酒井忠次である。こちらは主君のご嫡男・竹千代君である。昨日使いによこした者より聞き及び、早速に罷り越した」

その側に、まだ幼いと言った方がよいほどの若者が、手を引かれて力なく立っている。

そして幅広い布が、その眼といわず顔の周りを、ぐるりと覆っている。何とも痛ましい姿であった。方斎をはじめ音丸も、言葉もなく眺めていた。

「まずは診て進ぜよう」

と、方斎は若者を治療部屋へと促した。

この時、音丸は、侍を好まない方斎の心には、今や病に難渋している目の前の若者を治そうとする強い意志のみが満ちていると確信した。

音丸が若者を座らせ、器材を整えて治療部屋から出て行こうとすると、方斎は、

「側にいて手伝え」

と命じた。

音丸にとって、治療を間近に見るのは初めてのことであった。

〝これは、同じ年頃の者を側に居させて、病に苦しむ若者の心を少しでも和らげ、元気づけようとする方斎の心配りなのだ〟と、音丸はずっと後になって気が付いた。

方斎の〝医〟の〝心〟が働いていたのである。

方斎はゆっくりと布を取り外した。

そこに現れた様相は、音丸にとって正視するのも耐え難いものであった。

眼は溢(あふ)れ出た膿(うみ)で固まり、顔全体が鼻、額の位置が分からないほど一面に腫れ上がって、今にも崩れ落ちんばかりであった。

しかし、方斎は動ずる気配もなく、淡々と事を進めた。

顔全体を、まず水で、次いで煎じた薬液で丁寧に洗った。然る後、静かに観察した。

続いて下帯一つにさせ、頭、首筋、肩から手の指先にまで、緩やかに触れながら手が伸び、更に背中、腰、胸、腹、そして足の指先にも至った。長い時間がかかり、半時に及んだ。

見立てが終わり、方斎が治療所の外に出ると、忠次が待ち受けていた。

「如何(いかが)か？」

「治りましょう」

「本当か？」

「ただし、時間がかかりましょう」

「どのくらい？」

「左様、一か月は」

「相分かった。よしなに頼む」

と言って、忠次は、若者の身の回りの世話をする者と警護役数名を残して、他の者達を引き連れて立ち去った。

方斎は感じていた。この者達は、各々(おのおの)が自分の役割をよく心得てきびきびと動いており、それでいて全体として整然としていた。

若者を連れて治療部屋に向かった時、数名の者が音もなくサッと建物の周りに散り、四方を固めたのを方斎は見て取っていた。その者達が警護役であったとしても、この侍の率いる小集団として見事な振る舞いであった。

何よりも、話を聞いたすぐ翌日に責任ある者が訪れ、見通しを聞いたその場で直ちに裁量を下したのである。

「これらの者が属する松平は、必ず優れたものであるに違いない」

と、岡崎松平の行く末の洋々たるを予感させるものを感じ取ったのである。

若者の治療は、その日から直ちに始まった。音丸にとっても本格的な修業の始まりであった。

まず顔面を水・薬液で洗い、薬種をすり潰したものに油を加えて整えた塗り薬を、丁寧にまんべんなく薄く塗る。その後煎じ薬を飲ませ、静かに寝かせる。顔は薄い布で軽く覆う。

翌日からも、同じことの繰り返しであった。

十日が過ぎると、眼からの膿の出が少し弱まり、顔の腫れも少し引いてきたように思われた。しかし、引き続き同じ処置が繰り返された。

ただし、同じといっても、薬種の種類と量が変わってきていた。

「強いものを長く使うのは良くないのだ。かえって悪くすることがある。様子を見ながら、弱いものに代えていかねばならないのだ」

半月が経った。顔の腫れは大分治まり、眼・鼻の位置・形がはっきり分かるようになった。眼の膿も少なくなり、色も薄くなった。同じ処置が引き続いた。

そして、この時から、肩を緩やかに軽く擦ることが始まった。

「体には血の流れが大事だ。眼に行く血は肩の所から流れているから、そこを擦ってやれば血の流れが良くなり、滋養がよく届くようになる。自分の病は自分の力で治さなければならないのだ」

そして二十日が過ぎた。眼の膿は止まった。顔の腫れもすっかり引いた。

しかし、方斎は慎重であった。引き続き、眼の周りに塗り薬を塗り、煎じ薬を飲ませ、肩を擦った。眼は布で覆い、寝かせ続けた。

ひと月が終わろうとしていた頃、方斎は、若者の眼を覆っていた布を取り外して正座させ、自分もその前に座って、若者を静かにじっと見つめた。そして、眼の周りを軽く撫(な)で回し、瞼(まぶた)にそっと触れてから、言った。

「眼を開けてみなされよ、ゆっくりと」

若者は、そっと眼を開けた。そこには、黒い瞳があった。

「儂(わし)の顔が見えまするか？」

「見える。だが、ぼんやりと」

方斎は若者に眼を閉じさせ、そのまま正座を続けさせた。暫くして、再び眼を開けさせた。

「今度は、如何？」

「先ほどより、よく見える」

それに続いて、方斎は人差し指を若者の眼の前にかざして、それを遠ざけたり近づけたり、上下、左右に動かして、どう動いたかを答えさせながら、眼球とその動きを観察した。

「よろしい。もう一息でござるぞ」

それから暫くして、〝治療が終わった〟との連絡が発せられ、それを受けて、迎えの一行が直ちに到着した。

先頭に立った酒井忠次が、下馬するのさえもどかしげに飛び降りて足を急がせると、方斎と共に若者が家宅から出て、近づいて来た。

両の眼をはっきり見開き、足取りも確かなものであった。忠次は、思わず息を飲んだ。

若者達一行が出立の準備をしている間、方斎は治療部屋で一人、ただ静かに座していた。

昨日までに記し終えていた治療録を机上に置き、その表紙に見入りながら、

「これで終わったな。これから何事もなく、元気でいてくれることを祈ろう」

と心の中で自分に語りかけながら、止めどない安堵（あんど）感を覚えていた。

「先生、御一行がお立ちです」

音丸の声に、方斎が治療所から外に出ると、そこに若者がしっかりと立ち居り、その下に忠次をはじめ出迎えの一行が片膝をつき畏（かしこ）まっている。

方斎は、ゆっくり近づいた。そして若者を見遣りながら、言葉をかけた。

「これでお別れでござるな。

元気に過ごされよ」

「この恩は決して忘れぬぞ。

儂が世に出た暁には、必ず改めて礼をするぞ」

と言って、若者は、身に帯びた短刀一振りを方斎に与えた。

若者の眼が涙で曇った。

二人が暫し、じっと見合った後、若者・松平竹千代、後の徳川家康は、名残惜しさを振り切るが如くにさっと身を翻して、馬上の人となった。

供の者達も一斉に遅れじと従い、方斎らが見送る中、一行は出立していった。

若者が振り返ることはなかった。しかし、馬を進めるその歩みは、ゆっくりしたものだった。

方斎には分かった。歩みをゆっくり一歩一歩進める中で、半年以上に及ぶ先行の見えぬ苦難に耐えて、

「今度は如何」

と、望みを託したこの地での一か月余りの難儀な治療の日々、その一つ一つ——喉を刺すほどの煎じ薬の苦味、顔を洗い、薬を塗り、そして肩から背中を擦ってくれた方斎の手の感触、眼の周りや瞼を擦ってくれた方斎の指先の温もり——を、順を追って思い出し、確認しながら心にしっかり刻み、自分自身に合点させるべく言い聞かせているのだ。

「而(しこう)して、儂は今、こうしていられるのだ」と。

一行の姿が、すっかり遠くなった。

その時、方斎が呟いた。

「よくぞ治ったものだ。あと半月も遅かったら、駄目だっただろう」

この声は、もはや一行には届かない。

音丸は、ぞっとして息を飲んだ。

驚きの目を方斎に遣るのも忘れ、何も知らずに遠ざかる一行を、発する言葉もなく、ただただ見送るばかりであった。

一行は遥かに遠ざかり、目を凝らして見ているうちに、それと気付く間もなく一瞬のうちに空の中に消えた。

この時である。方斎の眼に、何かフッと現れて、音もなく眼の中を横切り、澱のように静かに眼の奥に沈んで消えた。

「……？……」

「先生、外は冷えます。中に入りましょう」

(八) 杏林

それから暫く経った頃、方斎は甲州へ旅立つこととした。

奈良の宮大工の男の話である。〝医〟の〝心〟への配慮が至らなかったことの痛烈な記憶が、あれ以来方斎の心を苛んできた。

そして、その時の薬草の話である。激痛を治した話は本当であろう。

薬草というのは不思議なものだ。薬草に限らず、どの草花も、自分自身を守り、種を保全するために、自分の中にそれぞれに特有な薬効を有しているといってよいのだ。

〝腹痛にはこれ〟〝熱冷ましにはあれ〟などとよく知られているものもいろいろあるが、その他に独特な薬効を持ったものが数多あり、ただその株数が少ないことなどから、人間が気付いていないだけなのだ。一般的なものは自然に流布するが、独特なものは広く知られることは稀なのだ。

しかし、〝医〟の〝術〟は薬草に大きく依存しており、その質を高めるためには、然るべき薬効を持つ薬草を手中に収めることが不可欠なのだ。

病に対する〝術〟が向上すれば、病に苦しむ人の〝心〟の改善に直接繋がる。

あの男の言った薬草を発見し、世の人々のために役立てることができれば、長年の自分の心の呵責も、なにがしかは軽減することができるのではないかとの願いがあった。

薬草のある場所は、男の郷里に近い甲州の北端、信州との国境近くの模様であった。長い旅となる。

二通りの行き方がある。一つは、北上して伊那谷を通り、諏訪を経由して行く。方斎はこの方に土地勘があったが、若い頃の悪い思い出があるのでやめ、東海道を進んで駿州から北上し、身延を経由して行くこととした。

戦国の世である。旅は安全なものではなかったが、身延には日蓮宗の総本山・久遠寺があるので参詣客の往来も多く、比較的安全と思われた。

旅には、音丸がお供をすることとなった。

三州からの長い旅の後、甲州・韮崎宿を経て、最寄りと思しい長沢宿に到着し、宿を取った。

宿の亭主から近辺の人里の様子を聞き込み、翌朝、早めに宿を出立した。

宿を出て暫くして脇道へ入った。急な山道を下って行くと、目の前が開けてきて、人里が見えてきた。

山間ながら、意外なほどに十分な広がりがあった。

暫く行くと、人家が見え出し、その中に比較的大きな家があった。

声をかけると、初老の男が出て来た。

方斎が、

「薬草を探しに来た」

と話すと、男は、

「そなた達は何者なのだ？　こんな山深い所までわざわざ？」

といった怪訝な面持ちで二人を眺めた。そして、

「何をするにせよ、今日は無理だ。昼過ぎからは雨になる。この村には旅籠はないから、ここに泊めてやってもいいが」

と言った。

「それは有り難い。厄介になる」

その言葉通り、暫くすると雨が降り出した。

男はこの村の名主であった。名主といってもその家は極めて簡素な造りで、この村の生業の厳しさが感じられた。

夜になると、雨が小止みになった。

とその時、戸を激しく叩く音がして、百姓が転がり込んで来た。

「大変だ。娘が熱を出した。頭がまるで火の玉のように熱い」

「いつからだ？」

方斎はそれを聞き付けた。

「夕方から」

「年はいくつだ？」

「六つになったとこ」

「それは大変だ。儂は医者だ、すぐ案内せよ」

方斎は音丸を連れて、男の家へ急いだ。

娘はぐったりしていた。顔は真っ赤に腫れ上がり、額はまさに火のように熱かった。

「近くに川筋はあるか？」

「へい。少し行った所に」

「その水は冷たいか？」

「へい。夏でも手がしびれるくらいに」

「よし、すぐに手桶一杯汲んでこい。急げ」

「へい」

男が手桶を提げて戻ってくると、方斎と音丸は、手桶の水で冷やした手拭いを、娘の額から鼻にかけて、更に首筋から肩にも当てて冷やした。

「手拭いが冷たくなくなったら、すぐに手桶の水で冷やしてまた当てろ。手桶にはいつも汲みたての冷たい水を入れておくよう、しょっちゅう汲みに行け。夜通し続けるのだ。一刻たりとも欠かしてはならぬ」

「へい」

「煎じ薬は何かあるか？」

「へい。ほんの少しだけ」

しかし、男が持ってきたものには、役に立ちそうなものはなかった。

「儂の所に幾らかあります」

と、様子を見に来た名主が言った。

すぐに行ってみると、納屋に行李（こうり）十個分の薬草が蓄えられている。

方斎は感心した。

「名主とは偉いものだ。村人のためにこのような手筈も整えているのだ」と。

その中から役に立ちそうなものを選び、煎じ薬を作った。

娘の口元に当てると、ごくごくと飲んだ。苦い味など分からない、ただただ水が欲しいだけなのだろう。

方斎は安心した。

「この娘には、まだ自分で水を飲むだけの力はあるのだ」

方斎は、音丸に夜通し看るよう命じると、名主の家に戻って休んだ。

既に夜は深く、雨はまだ降っていた。

翌朝、雨はまだ降り続いていた。

方斎は、早速娘の家へ行ってみた。

「どうだ？」

音丸に声をかけると、

「はい。夜通し冷やしました。煎じ薬もよく飲みました。よく寝たようです」

方斎が娘の額に手を当ててみると、火のような熱さはなくなり、顔の赤み・腫れも和らいでいた。

「どうやら峠は越えたようだ。だがまだ安心はできぬ」

音丸は思った。

〝峠を超えたのなら、もう安心なのでは？〟と。

昼近くになっても、雨は止む気配がなく、薬草探しはできそうになかった。

娘の容態は落ち着き、快方に向かっていた。

午後、娘が目を覚ました。側に座っている母親の方に顔を向け、

「母ちゃん」と呼んだ。

それを聞き付けて、方斎は言った。

「よし、もう大丈夫」

音丸は、先に感じた疑問を方斎に投げかけた。

するとは師は、

「高熱は、大人にとっても良くないが、子供にとっては殊更重大で、命にかかわることも多いのだ。風邪でもひいたのだろうなどと軽く考えていると、一晩で盲目になってしまうことも多い。特に六歳頃の娘が最も危ない。脳髄をやられて痴呆（ちほう）になることもある」

と言い、更に音丸に教えて聞かせた。

「子供は親の体質を受け継ぐことが多いから、親に弱い所があると、子供が高熱に晒(さら)された時、親から受け継いだ弱い所がやられることが多いのだ」

音丸は合点した。昨夜娘の家へ行った時、方斎が、行灯(あんどん)一つの薄暗い中で、親からいろいろ聞き取りながら、その立ち居振る舞いや顔の動きを注意深く観察していたのを見て取っていた。

その時、自分も母親の眼の辺りが気になったのだが、この日中に改めて観察すると、眼が弱い人のように感じた。方斎は昨日のうちにそれを見抜いていたのであろう。

患っている本人を診るだけでは不十分なのだ。

〝治療というものは、なんと難しい作業であることか〟

と、音丸は感じ入るばかりで、自分が進もうとしている道が遥かに遠いことを知らされることとなった。


翌朝も方斎は、娘の家へ行ってみた。

娘はまだ寝床に居た。額を診ると、まだ少し熱が残っていた。

しかし、目覚めた娘は、布団を跳ね除け、起き上がろうとした。

「まだ寝ていろ。まだ少し熱がある」

「ううん、大丈夫」

と言って、くるっと体を回して起き上がり、部屋を出ていった。厠(かわや)へでも行ったのだろうか。

「元気な子だ」

と苦笑しながら、方斎が立ち去ろうとしていると、父親が出て来た。

「どうもありがとうございました。ですが、お礼のしようがないのですが……」

「礼はよい。ただし、その代わりに杏(あんず)の木を一本植えろ。杏は、実も種も滋養があり、病気知らずになるぞ。それに、蓄えておけば、飢饉(ききん)の時には命を救う糧となる」


方斎が名主の家に戻ると、当主が出て来た。

「薬草探しですが、明日は天気が良さそうなので、案内できましょう」

「それは有り難い。よろしく頼む」

「ですが、場所は儂が子供の頃に、爺(じい)さんから〝この辺り〟と聞いた覚えがあるだけで、行ったことはないので辿り着けるかどうかは分からないし、薬草を見つけられるかどうかも分かりません。

ただ、薬草は爺さんが採ってきたのを見た覚えがあります。綺麗な空色の花の咲いた小さい草で、根元の所が丸く膨らんでおりました」

名主は、倅を連れて行くつもりだと言った。

「簡単な道程ではなく、危険ですらあろうから」と。

翌日、いよいよ出立となった。名主親子と方斎・音丸の四人、各々が握り飯と竹筒、それに鉈を一丁ずつ、更に親子は手斧と稲藁一束を各々の腰に帯びた。

里山を暫く行った所で、名主が言った。

「ここから先には村人は入りません。獣道さえないかも知れない所です」

確かに里山とは打って変わって、生い茂るがままに放置されて雑然とした原生林が、行く手に広がっていた。

難渋しながら歩を進め、要所には稲藁で目印を残しつつ、〃この辺り〃と思われる方向へ向かった。しかし、その方向は定まらず、暫く進んでは立ち止まり、辺りの様子を観察し、空を仰いで日差しを確認しながら、方向を変えることが繰り返された。

午後、なお暫く進んだ後、小休止した。一服しながら名主が言った。

「今日はここまでとしましょう。もう少し先の辺りと思いますが、明るいうちに帰らねばならないから、今日は無理です。しかし、大体の様子は分かりました」

一行は暗くなる前に、無事帰宅した。

その夜、名主が言った。

「明日は、若者達に任せてはどうだろうか。儂の記憶に残る〃この辺り〃の感触については、今日歩いた所々で、その都度倅に話し伝えました。若者の速い足なら、今日通った道でもあり、もっと先まで行けるでしょう。野宿は危険で良くねえですだ」

翌日朝早いうちに、若者二人は、昨日と同じ出で立ちで出立した。

方斎は村に留まったが、医者が来ていると聞き知った村人が次々にやって来て、なかなかに忙しかった。そしてその都度、

「礼はいい。その代わり、杏の木を一本植えろ」

と繰り返した。

若者達は夕方帰宅したが、成果はなかった。

「明日また行ってみよう」

そうこう続けるうちに、成果が得られぬまま、村へ来てから七日が経った。

その夜、名主の息子・武次が、

「季節が違うのかも」

と言った。

方斎は考えた。

「うむ……そうかも知れぬな」

確かに、季節ごとに育つ草花は異なり、順次交代してその姿を現していくことからすれば、〝武次の指摘は、まさに正しいのではないか〟と、皆納得した。

方斎と音丸は、

「来年、今度は夏に来る」

と告げ、帰途に就いた。その折、名主が言った。

「〝杏の木は、道筋のまとまった所に揃えて植えるように〟と、村人には言っておきました」

次の年の夏、方斎と音丸は村を再訪した。

しかし、成果は得られなかった。

ただし、杏の木は増えていった。

引き続き、次は秋、その次は冬と繰り返したが、成果は出せずじまいに終始した。

ただ、杏の木だけは増え続けた。

この時は、冬といっても初冬で、紅葉の落ち切った林は見通しが利き、咲き残った草花を見つけやすいとの期待があったのだ。

その夜、武次が、

「最初の時は、晩い春だった。同じ春でも、ずっと早い時期かも。雪解けが終わるあたり」

と言った。

方斎は考えた。

「うむ……そうかも知れぬな」

確かに、雪解けが終わるのを待ち兼ねていたように直ちに芽吹き、花を咲かせる野花がいろいろあるのだから、今回も〝武次の指摘は正しいのではないか〟と皆納得した。

次の年の春、方斎と音丸は、雪解けが終わる前に、村に早めに到来した。

方斎は〝これが最後になるかな〟との思いも感じたが、一方〝今度こそは発見できるのでは〟と期待している心を感じていた。

翌日、若者達は、夜が明けやらぬうちに出立した。夜が明けて日差しが出て来た頃には、既に〝この辺り〟に到着しているように。

二人は、大体の目星を付けておいた地点に着いた。

「まず見当をつけるのは、獣道や獣の足跡のない所だ。獣は、草花を好んで食（は）むが、薬草・香草などのうち鈴蘭（すずらん）や馬酔木（あせび）、それに水仙など自分に毒となるものには、決して手を出さない。それを、不思議なくらいによく見分けるのだ。

そこで、その跡がない所には、効き目の強い薬草が群生していることがあるのだ。

次に、特にこの薬草について目指すのは、緩やかな傾斜地が大きく広がっている所の下の方だ。そこでは、上からは分からないが、地面の下では水が流れているのだ、ゆっくりと。

その中で狙いどころは、太い木の根元の辺りだ。大きい木は、激しい雨風を遮ってくれる。そこでは、種はしっかり着床して芽を出し、上手く育ちやすいのだ」

歩を進めていくと、〝ここだ〟と思しい所に至った。

「よし、足元、そして前の方に目を凝らして、よく見ながら進もう、ゆっくりと。踏み潰してはならねえ」

五、六歩進んだ所で、武次が立ち止まった。

「あったぞ！」

そこには、何とも綺麗（きれい）な淡青色の小さい花が、僅かに地面から顔を出していた。

音丸は思わず手を出そうとした。

「触るな。それを採ってはならねえ。別のを探そう。すぐ近くにあるはずだ」

目を凝らして、その周りを見回す。

「あった。よし、これを採ろう」

武次は説明した。

「全部採ってはならねえのだ。採るのは半分だけだ。全部採ってしまえば、来年は採れなくなる。半分残せば、来年も採れるのだ」

音丸は感じ入った。

「山里の生活とは、こういうものなのだ」と。周りの自然と折り合いながら、自然と〝共に生きる〟のだ。

武次は、その薬草を注意深く掘り進めた。

思ったより深かった。掘り出してみると、先の所が小さい玉のように膨らんでいた。

「親父の言っていた通りだ。これに違いねえ」

二人は、狙いに合致する所を順次巡って、懸命に探し、採取した。

一か所当たり四、五個ずつ、十か所ほど巡って、全部で五十個余り採取できた。

そこでふと緊張がほぐれると、さすがに疲れを覚え、空腹を感じた。昼飯を食うのも忘れていたのだ。

二人は、水を飲み、握り飯を食いながら、乾燥させるために目の前に広げた採取した薬草につくづくと見入った。

遅い昼飯を食い終わる頃には、既に日は傾き始めていた。

薬草は念のため半分ずつに分けて袋に入れ、それぞれが抱きかかえるようにして身に付けた。

来る時に、薬草を採取した場所にそれぞれ印を付けてきたものの、その場所をよりしっかりと記憶に刻み込むため、逆順に辿りながら帰ることにした。

出発する頃には、既に日が陰ってきていた。

まず、最後に採取した所へ至った。

と、武次の足がはたと止まった。

「ないぞ。どこにも見えない。この辺りのはずなのに」

武次の顔色が変わっていた。

「一体どうしたというのだ？　ここは採取した所ではないのか？　半分のつもりが、全部採ってしまったのか？……」

何が何だか分からなくなり、その場にへたり込んでしまった。

音丸は、じっとその辺りを眺め回した。

「あっ、花びらのようなものが見える」

「えっ」

二人はそこへ近づいた。

「花びらが閉じているのだ！」

なんと、日差しを受けて開いていた花びらが、日が陰るのに合わせて閉じたのだ。

〝なんということだろう〟と、二人は驚嘆した。そして思った。

「自分達は幸運であったのだ」と。

日差しのあった時に来たからこそ、花が開いていた薬草を見つけることができたのだ。もし、日が陰った時に来ていたら、花が閉じた薬草を見つけることはとてもできなかったに違いない。

二人は、まだ明るいうちに帰宅した。


方斎は喜んだ。薬草を並べて、つくづくと眺めながら、

「よくぞ見つかったものだ。長い時間がかかった。〝やらなければやらないでも済むような気骨の折れるこのようなことを、やろうなどと思う人が他にいるものだろうか〟と思ったこともあった。

それにしても、今にして思えば、如何にも五年とは長すぎるほどであった。その間、途

方に暮れ、〝この辺りでやめた方が良いのでは〟と思った時もあったが、あきらめずに頑張った。

「このことに限らず何事も、人生とはこのようなものであろうか」

と感慨に耽った。

翌日は、若者二人をゆっくり休ませた。

その間、方斎は、薬草を、日中は陰干しし、夜の間は囲炉裏の近くに広げて、水気を粗取りした。帰りの長い道中で傷むのを軽減するためである。

方斎は、薬草のうち十個を小分けし、名主に渡した。

「これは少ないが、お前の所で持っていてくれ」

翌朝、方斎と音丸は出立した。

名主親子が見送ってくれた。彼らが用意してくれた握り飯と水筒を携えた。

「また来るぞ。元気にしていてくれ」

方斎と音丸は、名主の家から遠ざかりながら、互いに言葉は交わさなかったが、同じことを思った。

「またここに来るのは、いつなのだろう？」と。

方斎は、気付いていた。

「名主は、あの奈良の宮大工の親であるに違いない」と。

それは、音丸が武次と何度も薬草探しに行くうちに、問わず語りに武次が話したという身の上話を、音丸から聞いていたからだった。

武次には兄がいたのだが、父親と折り合いが悪く、若い頃に家を飛び出したのだという。

しかし、ここに滞在中、方斎の方からその話を切り出すことはなかった。

自分が診た人の病のことを、本人にその意思がない限り、親・兄弟と雖も、話をすることはしないのである。その人の病は、その人の極めて個人的なことであり、医に携わる者はそのことを尊重しなければならないからである。

特にこの場合、話したとしても、親を悲しませるだけであったろう。

親は、息子が出奔した時、後悔したに違いない。

「倅の言うことを、もう少し聴いてやればよかった」と。

親は、とかく長子には厳しく当たるものだ。

それにその頃は、名主としてまだ若く、血気盛んな時であったのだ。暫く経っても戻る気配がないことを悟ると、

「このことを思い出すまい」

と努力したであろう。

思い出すまいと努力すると、人は、それが身体に染みついて、思い出すことがなくなるのである。忘れるのではない、思い浮かばなくなるのだ。

思い返せば、名主はどことなく寂しげで、気力が充実しているという感じがなかった。次子がいたのがせめてもの幸いであったろう。親は、この山里の暮らしの中で、次子とは何事にも行を共にし、注意深く育てたのであろう。

方斎は自分に言い聞かせた。

「これで良いのだ。将来、話を交わす中で、どちらからともなく自然にこの話が出る機会もあるであろう。その時に話してやればよいのだ」と。

方斎は、歩きながら、このことを音丸に話して聴かせた。

音丸は、〝そういうことなのであろう〟と承知した。

音丸も、武次に宮大工のことは何も話さなかったのである。


里の道を歩むうちに、間もなく人家は見えなくなり、田畑の中を進んだ。

音丸が行く手を指さした。

「先生、杏の木ですよ」

「おお、大きくなった」

「随分な数ですよ。これは、もう林です」

「うむ。……これを〝杏林（きょうりん）〟というのだ」

「杏林ですか。何とも美しい光景です」

「左様。中国の故事を記した人物伝にある話だ。寒村を通った名医が村人を診てやり、礼の代わりに杏の木を植えさせたのだ。図らずもそれと同じ光景となったのは、何とも面白いことだな」


　方斎は甲州から戻ると、早速に薬草の薬効と処方を確かめるため、供試し始めた。治療の中で、処方を症状に合わせていろいろ変えて試み、効き具合を注意深く観察しながら効能を追跡するのだ。

　暫くすると、大体のことが分かってきた。その薬効は、これまでの生薬とは比べものにならないほどに絶大なものであった。

　急な激しい症状に対しては、早期に強い処方で短期間に限って施すと劇的に効き、命を助ける。ただし、処方を誤れば、或いは意図的に悪く処方すれば、命を奪うことに繋がることも分かった。

　穏やかな症状に対しては、弱い処方で長い期間、継続して施すと、日を追って少しずつ症状が改善され、やがて治癒することが分かった。

　方斎は元来、医の術全般はもとより、その一つである生薬とその処方についても広く開示して、世の中に役立てることを旨としていたが、この薬草は、顕著な薬効があるものの、時はまだ戦国の世であり、人の命を奪う危険を孕(はら)んだものであるので、方斎らだけの間の秘薬とした。

　一年で採取できる量も極めて限られていることから、他の生薬では間に合わない危急の時に限って、ごく少量を短期間のみ使用することとし、汎用することは差し控えた。
〝あそこには、よく効く生薬がある〟
と世間に吹聴されるのを避けるためであった。

方斎が秘薬の発見後、心の荷が軽くなったのを覚えながら、引き続き医業に励む中、慶事が出来（しゅったい）した。方斎に第三子が出生したのである。既に初老の域に達しようとするところでの思いがけぬことであった。

子供を十人以上儲けることも多かった当時としては、決して珍しいことではなかったが、次子の出生後、長い間途切れた上でのことであるので、驚いたのである。

方斎の体が、心の安らぎの下で生み出された旺盛な活力に満ち溢れていた故ではなかったろうか。

妻女も歳を重ねてからの出産にもかかわらず、この上なく元気一杯に生まれ出でた。長子・次子ともに、幼い頃は体が弱く、特に次子を早くに失っていただけに、喜びも一入（ひとしお）であった。

一家のみならず縁戚の間でも、
「吉兆ではないか」
と、この子供の行く末の幸なることを夢見た。
〝歳を重ねてからの子供は人一倍可愛い〟といわれる通り、方斎は、

「この子も立派な医者になってくれるだろう」

と、早くも確信を持って期待した。

三子――後に環斎(かんさい)と名乗るのだが――は、歳は既に医家をなしている長子の左門改め優斎、弟子の音丸改め春斎とは親子ほどに離れていたが、〝次子〟としてすぐによく交わり、健やかに成長していった。

（九）江戸

この間、戦国の世は大きく動いていた。

織田信長が天下に覇を唱えるかと思われた途端、本能寺の変が出来した。

この時、羽柴秀吉は西国で戦闘中、他の諸将もそれぞれ北陸・関東方面へ出兵中で、徳川家康も近々西国に向かうべくしていたが、その前に別途の所用で、少しばかりの手勢を引き連れて堺にいた。

家康の動静を承知していた明智光秀は、直ちに追手を差し向けた。

変を知った家康は、すぐに三州へ戻るべく、近在に身を隠した。しかし、既に街道筋は明智軍が固めて松明の灯りが満ち満ちており、蟻の這い出る隙もない。

明智軍の灯りが家康を包囲し、刻々と迫って来る。

さすがの家康も、

「もはやこれまで」

と覚悟を決めた。

その時、

「殿、それはなりませぬ」

と、破れ鐘のような大声で押しとどめたのは、本多忠勝である。

「ここはなんとしてでも逃げ延び、三州へ戻って軍勢を整え、信長公の仇を討たねばなりませぬ」

忠勝は、道とも呼べない間道を山沿いに辿り、伊賀の峠を越えて三州に至ることを進言した。

間道と雖も安全ではない。野盗が跋扈し、落ち武者は格好の餌食となる。

しかし、もはや他の選択肢はない。家康一行は直ちに間道へ向かった。

間道へ入って暫くは、悪路に難渋しながらも距離を稼ぐことができたが、はたせるかな、程なく野盗が襲ってきた。

一行のなりを見て、然るべき将兵と見て取ったのだろう、喊声を上げて襲いかかる。

家康も自ら抜刀して応戦する。

忠勝は得意の大槍を振るって、賊をなぎ倒す。

その凄まじさに、賊が一瞬怯んだ時、

「殿、先に！　ここは忠勝にお任せを！」

「忠勝、頼むぞ！」

家康を先頭に近侍の者達が、一散に走り去る。

忠勝と供の者達は、逃さじと追い迫る賊の前に立ちはだかり、奮戦。忠勝の大槍に、賊がたじたじとなる。

忠勝は、その瞬間を見逃さず、

「行くぞ」

と供の者に声をかけるや、大槍を小脇に抱えて一目散に走る。賊は懸命に追いかけてきたが、遂に迫ることができず、走り去る一行を恨めしく眺めやるだけであった。

かくして、家康一行は無事三州に帰還した。

家康は、直ちに軍勢を整え、光秀討伐に向かわんとした。ところが驚くべきことに、秀吉が西国より電光の如くに取って返して光秀を打ち破り、あれよあれよというちに天下を手中に収めてしまったのである。

太閤・秀吉の世が進み、相州・小田原の北条攻めに勝利した後、家康は、秀吉の元に伺候した。

秀吉は、〝何気なく〟といった風情で、家康に話しかけた。

「内府殿、関東へ行かぬか。江戸は景勝の地であるぞ」

家康は、背筋が凍るのを覚えた。そして、瞬時にして秀吉の狙うところと、自分の取るべき対応を悟った。家康は、

「父祖の地を離れることとなる配下の者の意見を聞くこととしたいと存じまする」

と言って、その場を下がった。

館へ戻る道すがら、秀吉を前にしていた時に、自分の中に過った思いをなぞっていた。

――何気ないふうの〝問いかけ〟だが、これは〝北条の旧領を与える〟という名分の下での、徳川の牽制を狙った秀吉の命令である。従わねば必ず報復がある。関東・江戸入府を承諾する以外に道はない。

家康は、帰館後直ちに集まった配下の者に、秀吉の言を伝えた。

皆、一様に驚き、悲憤の様を隠さなかった。しかし、宿老・酒井忠次をはじめ諸将は、互いに顔を見合わせながら、皆、同じことを思った。

「殿は、既に〝関東・江戸入府〟と決めておられるのだ」

秀吉は、家康より、

「承ってござる」

と聞いて、安堵した。

秀吉は、家康との小牧・長久手の戦いで予想外の敗戦を喫して、やむなく家康と講和し同盟の関係となったので、他の諸将が臣下であるのとは異なる存在であり、秀吉が天下人となった今、家康は喉に刺さった小骨で、常に警戒を怠ることができない存在のままであった。

しかし、この仕儀をもって、以降、秀吉と家康は良好な関係に至った。

家康は、先の北条攻めの前に関東について調べ、外辺の下野・宇都宮、常陸・佐竹の勢力を含め、大体を承知していたのであった。

関八州には、地方豪族がそれぞれの地に勢力を張っていたが、いずれも弱小で、勢力は身の回りにとどまっていた。関八州は大き過ぎて、彼らの手には負えなかったのだ。

陸奥には伊達、会津には蒲生、出羽には最上、越後には上杉が、それぞれに覇を争っていた中で、関八州は北条領といえど、放置された大きい空白地帯となっていた。北条の小田原は相州の西の隅に寄り過ぎていて、関八州の広がりの中では地政的な存在感は希薄であった。

関八州は、平坦な野原がただ広がる、広大な未開の地であると言ってよかった。それを開拓すれば大変な領土になることは間違いなかった。

家康は〝関八州への移封〟という如何ともしがたい難題を、将来への期待へと振り替えたのである。

家康一行は、遂に関東へ向かった。あたかも戦闘に向かうかの如き出で立ちであった。

関東・江戸入府に当たって、家康は、治山・治水、田畑の開墾・町造り、物資の集散、城の構え、周辺への備えなどに思いを馳せたが、いずれも当面の用に足るだけの小規模なものにとどめることとした。秀吉の術中に嵌ってはならないのだ。

家康は、

〝秀吉の存命中は、天下を取って代わるのは不可能だ。今は力を溜(た)め置く時だ〟

と悟っていた。家康の目は、そう遠くはないであろうきたるべき将来を見据えていた。

関八州は広大であったが、家康は、酒井忠次を筆頭に〝徳川四天王〟といわれた面々、井伊直政を上野(こうずけ)・西方の箕輪(みのわ)に、榊原(さかきばら)康政を同じく上野・東方の館林(たてばやし)に、本多忠勝を上総(かずさ)・大多喜(おおたき)に配して、関八州の縁周りの北方と東方の要所を固め、西方・南方は江戸で固めて、関八州の経営を進めた。

（十）この男は誰

家康は、江戸城内の居室に一人静かに座していた。

まだ為すべきことは山積していたが、差し当たりの手立てが一段落し、安堵感を覚えていた。

関八州・二百五十万石の太守となった今、なお志の道半ばではあるが、

「儂がここで〝世に出た〟と言っても、許してもらえるだろうか？」

と思いつつも、

「いよいよ〝その時〟が来た」

と、家康は、人知れず長い間〝この日〟の来るのを待ち望んでいた大事なことを執り行うこととした。

しかし、それは一体〝誰〟の〝許し〟のことなのだろう？

そのことは、今日に至るまでの実に長い間、一刻たりとも忘れることのなかった、自分にとってこの上なく大事なことであった。

家康の心が、秘かに躍った。

「誰かある、忠勝を呼べ」

「はっ」

と、近侍の者が足早に立ち去る。

暫くすると、外廊下に大きい足音が響いてきた。

「忠勝、これに控えてござる」

「入れ」

「ははっ」

「三州に住まいする医者の方斎を、速やかに出府させよ」

忠勝は直ちに動いた。

「何故？」

などと聞くことはしない。主人の発した言葉のみで、従者は自ら判断し動くのである。

まず、三州吉田城主・池田輝政に書簡を送り、方斎の現況を調べるよう依頼した。輝政は秀吉に従う将であるが、家康は輝政に側室・西の郡局との間に儲けた娘を嫁がせており、家康に近い存在であった。

次に、使いの者を三州松平郷に送り、家康の竹千代時代の文書を、方斎との関わりを中心に調べるよう命じた。

今回の家康の指示内容は、忠勝の承知するところではなかった。ということは、〝自分が家康の身近に仕える以前の竹千代時代のことに違いない〟と判断したのである。

吉田と松平郷は程近いにもかかわらず、命ずる先を二手に分けたのは、得られる情報の独立性を保つためである。

即ち、情報収集に際して、一つの依頼先に二件を合わせて依頼すると、依頼元の意図が依頼先に知られることとなり、不都合を生ずることがあり得るからである。情報収集の基本を弁えた忠勝の優れた業であった。

暫くすると、それぞれから報告が届いた。

まず、輝政からは、

「方斎は、三州・国府の近在〝森〟と呼ばれる里に長く住む市井の医者。医の術は優れており、人柄は温厚。息子が二人おり、共に医者である。長子は妻帯し、次子は独り者である」

次いで、松平郷からは、文書の竹千代の項の記録が伝えられた。

曰く、

「重篤な眼病を患う。三州・森の方斎の治療により快癒す。後年改めて褒美すとし、その証に短刀（銘忠正）一振りを与う」

文書のこの項には付箋が付いていた由も報告された。それはこの項の後処理が未了であることを示している。

源平の世以前の昔から、特に武士社会に於いては、論功行賞は主従関係の基盤である。論功はその都度、文書に正確に記録され、行賞は整然と実行された。

その中で、未了分は、付箋を付けて代々必ず申し送られ、埋没することはない。

この報告に接した忠勝は、間断なく動いた。

その日も、方斎は朝から忙しくしていた。

「先生、客人です」

一人の武士が案内されて入って来た。

「三州・吉田、池田輝政公の家中、小幡（おばた）善ヱ門である。江戸表よりそこもと宛書状あり、持参した」

「江戸表より書状？」

確かに宛先は〝方斎〟となっている。急ぎ開いてみると、

「速やかに江戸表へ出府せよ」

とある。差出人はと見ると、〝忠勝〟とある。

「忠勝殿とは？」

「家康殿お側の本多忠勝殿である」

方斎は何事かと思いながらも、取り急ぎ出立した。

江戸に入って数日後に沙汰あり、翌日、江戸城内で家康に謁見することとなった。

方斎にもようやく分かってきた。

遠い昔の記憶が徐々に蘇ってきた。

江戸城内は、簡素な造りながら、なかなかに広かった。

先導されて幅広い外廊下を進むうちに、一際大きい部屋に至った。

外廊下に座して平伏する。

「家康殿に謁見するということは、なかなかに大変なことなのだ」

と、方斎は感じ始めていた。

部屋の中でパチンという音がしたと同時に、部屋の明かり障子が左右にサッと開いた。

「方斎、入りませい」

部屋の下座に座した若侍が声を発した。

方斎は立ち上がって、ずいっと部屋に入り、そこで再び平伏する。部屋は広い。下段の間の上座左右に二人ずつ、下座左右に六人ずつ、計十六人が控えて座している。

方斎には、平伏していて直接見回せなくても、身の回りの気配から分かるのだ。若い頃からの様々な生業の中で、自然に身に付いた能力なのだろう。

「本多忠勝である。方斎、近う寄れ」

今度は右の上座から、破れ鐘のような大声が響いた。

方斎が部屋の中ほどまで進むと、パチンと音が鳴った。忠勝が扇子を閉じたのである。

そこで方斎は止まり、改めて座して平伏する。

「殿のお成り」

との若い声に、忠勝以下控えた者達が一斉に平伏する。

上段の間、右手の襖戸（ふすまど）が開いて家康が現れ、着座した。

それを見取って、控えた者達は平伏より直った。

「方斎、面（おもて）を上げよ」

忠勝の大声である。

方斎はゆっくりと面を上げ、正面を見た。

そこには、初老と思しき、しかし覇気に溢れた男の顔があった。両目をしっかり見開き、こちらを見据えている。互いに、

「この男は誰だ」

と思いながら見合い、その中に昔の面影を探し求めていた。

静かな一瞬が過ぎると、家康の顔が和らいだように見えた。

「方斎、覚えておるか？

あの時の竹千代じゃ」

「忘れるものではございませぬ」

「儂が今日（こんにち）ここにこうして居られるのは、真（まっこと）そちのお蔭じゃ。

その恩は、これまで一刻たりとも忘れたことはなかったぞ」

このことの一部始終を既に承知していた忠勝は、改めて感動し、家康の心根を思い遣った。

――殿は、年少時には今川の人質となり、長じては信長、そして今も秀吉という実に厳しい方々に仕える中、度々泣きながらもその命に従わねばならなかった苦難に耐えて、今日に至っているのだ。

殿にとって、年少の頃の過ぎし日の方斎との邂逅が、重篤な病に苦しんだが幸いに快癒したという喜びの中で、その後の自分の人生への希望を殿の心に呼び覚ましたのだ。

その鮮烈な記憶が殿の心に明るい希望の火を灯し続け、その後の長い苦闘の中で、折ごとに殿を元気付けてきたのではなかろうか。今日まで、そしてこれからも――。

家康と方斎は、互いに万感胸に迫り来る中で、じっと静かに見合った。

二人にとって、感慨、これに過ぎるものはなかった。

医者・方斎にとって、自分の診た者が――それも遠い昔に――今このように元気にしているのを――それも関東八州の太守として――見るのは、医者冥利に尽きることであった。

このように褒美されるのは望外の喜びであったが、それにもまして、家康の人となりに深く感じ入った。その武勇・知略もさることながら、何よりも、人を思い遣る心の持ち主であると見て取れたのである。

――このような家康殿と〝共に生きる〟人々は幸いである――

と、しきりに思われた。

「ついては方斎、江戸の地名をやろう。これからは〝荒川〟と名乗るがよい」

忠勝が、家康の意を汲んで言葉を添えた。

「荒川は、武甲の国境を源として武州を縦断し、江戸に流れきたっている大河である。荒川は〝荒ぶる川〟である。時には氾濫して良民を苦しめるが、一方、恵みの川である。この川の水を得て、関東、そして江戸の町は大きく発展するであろう。そしてそれは、これからの徳川の世界の末長い繁栄に繋がるのだ」

その話に聞き入りながら、方斎は、改めて忠勝を見遣った。

平八郎・本多忠勝は、年若い頃から家康に仕え、〝徳川四天王〟と呼ばれた中の一人だが、

「凡そ家康の居る所に忠勝あり」

といわれるほどに、常に家康と〝共に在〟った。

先ほど家康に面を上げる前、平伏して控えていた時に、その破れ鐘のような声音から想像していた通り、がっしりした武人の面構えを見せていた。

しかし、武に長じているだけではなく、知勇をも併せ持った優れた人物であることが見て取れた。何よりも、その語る言葉には、家康に対する思い遣りの心が満ち溢れていたのである。

方斎は、そこに正しい主従関係の姿を見た気がした。

〝この忠勝殿は、家康殿が戦時はもとより、平時に於いても信頼し、重用するに相応しい立派な人物である〟と、方斎は忠勝にも深く感じ入った。

その夜、家康は居室で一人静かに座して、その日の方斎との再会を思い返していた。

「方斎に礼を言いたい。その恩に報いたい」

との長年の思いをようやく今日叶え得て、深い安堵感を覚えていた。

そして同時に、方斎の健在ぶりを見得たことも、あたかも自分の父親の元気な姿を見た如くに嬉しく思い、あの過ぎし日の時と同じく、今なお〝自分を見守り、励ましてくれている〟と感ぜられたのである。

親をはじめ、幼少の頃の自分を知ってくれている者はもはや亡き中で、今や〝方斎は自分にとって大事な存在である〟と、つくづく感じた。

（十二）謀

家康は、関八州の経営に意を注ぐ一方、上方に於いて、豊臣政権下での勢力拡大に腐心し、一頭地を抜いた存在になっていった。

そして、遂に太閤秀吉の天下は、その死をもって終わった。

その後、家康が関ヶ原の合戦に勝利し、遂に天下を掌握したのである。

家康は、江戸城内の居室に一人静かに座していた。

関ヶ原の合戦後、一週間が過ぎた。その間多忙であった。為すべきことが山積していた。

その中で、徳川の世の永続のために、今から直ちに手を打っておくべき基本的な施策に思いを巡らせた。

その一つは、江戸城を中核とした、江戸の町造りである。

これから大坂を凌（しの）いで大きくなるであろう江戸の町に集まる人々のための町造りは、これまでになく大規模なものとなる。この普請は急がねばならぬ。

この件は、昨日までに作事方に命じたところである。

二つ目は、未だ存続している豊臣家と、その恩顧を忘れられぬ西国の外様大名達の掌握である。その中で、彼らが禁中・公家と結び付くことを警戒せねばならぬ。

この件についての行き着く姿は、はっきりしている。なお暫く時間はかかるであろうが、いずれは荒療治をすることとなる。

これについても、昨日までに身近な者達との間限りで、しかと命じたところである。

三つ目は、世継ぎの件である。

どのように取り進めるかについては、自分の胸の内にある。

家康はその一方で、当面為すべき重要な諸事に意を注ぎ、多忙な日々を過ごした。

その一つが、関ヶ原の合戦の論功行賞である。

その中で、徳川方についた外様大名を、加増しながら西国に転封し、その後に一門・譜代の者を封じて、東海道筋を上方に至るまで譜代大名で固めるなどして、体制固めに腐心した。

この時、忠勝は、伊勢・桑名十万石に封ぜられた。先に家康が関東入府の折に封ぜられた上総・大多喜よりの所替えで、東海道の要衝の地を固めることとなった。

急いでいた江戸の町造りも、新しい町割りが着手された。

徳川の世が、大きく動きだしていた。

そのような中で、家康は遂に征夷大将軍に任ぜられた。ここに、徳川・江戸幕府が成立したのである。

家康は、居室で静かに座しながら、将軍宣下を受けた時のことを思い返していた。征夷大将軍になったとはいえ、為すべきことが山積しており、心安らぐ気分にはならなかった。

しかし、家康は思い直すと、

「何はともあれ、やっとここまで来たな。〝随分と苦労〟したものだ」

と、〝まだ一段落したに過ぎない〟と思いながらも、肩の荷が下りるのを感じていた。

こうして、苦労した大事なことを為し終えると、自分ながら不思議なことに、次の大事なことに思いが至った。

その大事なことの行き着く姿は、既に自分の胸中にあるのだが、それを取り進めるに際して気がかりなことがあり、〝どうしたものか〟と思案していたのである。

この時、家康はある考えに思い至った。

翌日、家康は直ちに忠勝を呼び、然るべく事を進めるよう命じた。

忠勝は、家康の意・〝謀〟を体して、直ちに動いた。

方斎は、その日もいつもと変わらず忙しくしていた。家康に江戸に呼び出されて褒美され、〝荒川〟姓を与えられてから、早くも十年余りが過ぎようとしていた。

その日の昼下がり、三州・吉田藩主経由で、江戸表より書状が届いた。

何事かと思いながら開くと、忠勝からで、

「速やかに江戸表へ出府せよ」

とある。

「一体、何事であろう」

と思いながら、取り急ぎ出立した。

吉田藩・江戸屋敷に到着して数日後に沙汰があり、家康に謁見となった。

江戸城内は、豪勢で広かった。以前の江戸城とは比べものにならないほど様変わりしていた。

江戸城は、以前は簡素な造りで、領主・家康の居城にとどまっていたが、今や幕府の大拠点として、堂々たる構えを見せていた。

方斎は、前回と同様な所作を経て、下段の間に進む。

「本多忠勝である。方斎、近う寄れ」

あの破れ鐘が、懐かしく響いた。

将軍となった家康が、上段の間に着座する。

「方斎、面を上げよ」

方斎が面を上げ、正面を見ると、前回よりも年老いた、しかし、なお生気に溢れた家康の顔があった。

二人は暫くじっと見合い、互いを確かめ合った。

「方斎、遠路よく参った。その後、息災にしておったか」

「はっ、有り難きお言葉にございまする。幸いにも何の不具合もなく、元気にしておりまする」

「それは重畳。体はくれぐれも大事にせよ。

儂も此度、この地に遂に幕府を開くに至った。

これも真そちのお陰じゃ。〝あの時〟以来、そちの恩を忘れたことは、一刻たりともなかったぞ。

此度の節目の機会を得て、前回から既に十年余り経ったが、そちに更に礼を言うぞ」

「恐れ入りまする。身に余るお言葉にございまする」

忠勝が家康の意を体して、言葉を添えた。

「まだ世の中は動いており、前回に引き続き、なお道半ばであるが、この江戸の町も大きく発展した。それは殿の大きい施策の一端に過ぎないが、この機会に江戸に暫く逗留して見回り、殿が〝世に出た暁〟の一つとして、殿が勝ち得たこの平穏な世の姿を、我らと共に分かち合ってくれ。これが此度の殿の御意向である」

方斎は、前回に増して深く感動し、心中に涙を覚えた。

家康は、この十有余年の間にも、引き続き苦労を重ねながら今日に至ったのだ。〝世に出る〟とは、強い志と努力の結果に過ぎないが、凡人にはなかなかでき難く、家康を褒めてやりたい感動に満ち溢れた。

家康は更に前進するであろう。その時、世の中は、どのようになっているであろうか。

家康、そして忠勝は、方斎が前回から十余年を経た今も、何ら衰えを見せず、壮年の如くに元気な様を見て、喜びながらも、互いに秘かに見合い、人知れず頷（うなず）き合った。


方斎は、江戸表より戻った後も、それまでと変わらずに忙しい日々を送っていた。

江戸より戻って一か月も経たぬ頃、吉田藩主経由で江戸表より書状が届いた。

何事かと思いながら開くと、忠勝からで、

「三州・吉田藩に、藩医として出仕せよ」

とあり、

「これは殿の御意向である。藩主も承知済みである」

と書き添えてあった。

方斎は、この思いもかけぬ命に驚き、戸惑った。

「儂に〝何をせよ〟というのであろうか？

医の術が求められているのであろうが、その出仕先が、家康殿の居る江戸城中ならまだしも、吉田藩であるのは何故だろう？」

三州・吉田は、東海・遠州から三州・濃尾に入る要衝の地である。

時の藩主は徳川一門の松平家清で、関ヶ原の合戦の後、外様大名・池田輝政十五万石の転封の後を受けて、三万石をもって封ぜられ、その後代々、譜代大名が封ぜられている。

方斎は、

「その吉田藩を通じて、江戸城中と密接に繋がることとなるのであろうか」

と思ってみた。

方斎の推測は当たっていた。家清の室は家康の同母妹であり、家康と家清は互いに信頼し合う、極めて近い間柄であった。江戸・駿府と上方との往来の際は、いつも吉田城に宿泊するなど、家康にとって身近にあったのである。

方斎は、この命について考えを巡らしながら、その意図を計りかねる中で、

「自分が、何かの動きの枠組みに組み入れられようとしているのではないか」

との予感を覚えた。

しかし、何はともあれ家康の命である。この先、何かが起こりそうな気配を感じながらも、これも竹千代・家康との縁であるとして、家康の呼びかけに応ずる覚悟を決め、

「畏まって候」

と返書した。ただし、それに書き添えた。

「自分は高齢であるので、程なく隠居し、後は長子・優斎に任せたい。優斎は既に医者として一家を成しており、その術は優れたものである」

すると、直ちに忠勝より返書があり、

「承知した。速やかに出仕の準備を整え、吉田藩家老・武田英準からの沙汰を待て」

とあった。

かくして方斎は、国府の治療所は次子・環斎に任せて吉田藩の藩医となり、典医頭に任ぜられた。

その後、程なく、方斎は隠居を申し出て許され、優斎がその任を受け継いだ。

方斎は国府に戻り、隠居したとはいいながら、環斎を助けて治療に当たり続けた。

方斎が国府に戻って程なく、再び忠勝よりの書状が吉田藩から届けられた。

「速やかに出府せよ」

とある。

「今度は何事か」

そう思いながら、直ちに出立した。

今回は、優斎が方斎の年老いての度重なる長旅を懸念し、次子・環斎が同行することとなった。

元来は、長子・優斎が同行すべきところだが、藩医としての役目があり、動けなかったのだ。

二回目の江戸への呼び出しに始まり、吉田藩への出仕に続いて今回の、そしてこの後の一連の動きには、忠勝の驚くべき〝深読み〟が働いていることに、方斎達は、全く気が付いていなかった。

　江戸に入ると、程なく沙汰があり、家康に謁見となった。

　広い江戸城内を先導されて、大きい部屋に至った。その間、環斎は城内の広壮な有り様に目を瞠るばかりであった。

　外廊下に控えていると、明かり障子が開き、下座の若侍が声を上げた。

「荒川方斎か？」

「はっ」

「供の者は？」

「はっ、倅の環斎にござる」

「荒川方斎、入りませい。供の者は、そこに控えおれ」

　方斎は中に入り、平伏する。

「本多忠勝である。方斎、近う寄れ」

　その大声に、方斎は部屋の中ほどまで進み、平伏する。

　家康の着座を見て、忠勝の破れ鐘が再び響いた。

「方斎、面を上げよ」

　家康が言葉をかけた。

「遠路、よく参った」

一通りの挨拶話が終わると、忠勝の扇子がパチンと鳴った。それを合図に、居並ぶ控えの者達は一斉に席を立った。大きい部屋に三人だけが残った。

すると家康が上段の間から下りて来て、方斎の目の前にどっかと腰を下ろした。

忠勝も間近に寄った。鼎談となった。

家康が、声を抑えながら発した。

「秀忠のことじゃ」

忠勝がその言葉を引き継いで、密やかに語った。

先頃、大名達と謁見した際、秀忠が、控えの間より上段の間へ家康に続いて出ようとした時、フッとよろめいた。近侍の者がサッとその体を支えたので事なきを得たが、家康はそれを見咎めた。

謁見終了後、家康は、直ちに事情を調べるよう忠勝に命じた。

忠勝が、秀忠の傅役を務めた大久保忠隣をはじめ、近侍した者達からそれとなく聞き取ったところ、幼少の頃より似た仕草が極たまに見られたものの、疲れたのであろう程度であった。だが、一年ほど前より、特にこの数か月前から平生は何ともないが、時折やや目立つ様子が見られ、〝如何なものか〟との思いがあった模様であった。

家康が再び言った。

「そこでじゃ、方斎、そちの目で秀忠を診てくれ」

忠勝が付け加えた。

「このことは、殿とそち、そして儂しか知らぬことだ。他の者に知られてはならぬ。他言は厳に無用であるぞ。城中の奥医ではなく、そちに頼むのはそのためじゃ」

方斎は、これまで意を測りかねる命に翻弄されている感があったが、ここにきて、自分が徳川幕府の存続に関わる重大な役割に組み込まれようとしていることを悟った。

秀忠の様子を聞いた瞬間、遠い記憶が蘇った。

「あの澱だ」と。

快癒した家康・竹千代を見送った時、自分の眼の中にフッと現れ、眼の奥に沈んで消えた澱のようなものを覚えた瞬間があった。その時は、

「何なのだ、どうかしたのか？」

と一瞬戸惑っただけで、気に留める間もなかったのだが、今思えば、或いはそれは、自分の体が何か取り残しがあることを、自分に教えていたのかも知れなかった。

あの時、竹千代の病は眼の内に留まり、脳髄に伝わる手前で食い止め得たと思われたのだが、実際には眼を超えて脳髄に至っていたのかも知れぬ。

その後、家康にもこのような症状が現れることがあったのかも知れぬが、極めて軽度であったため、多忙な中で気が付かなかったのかも知れぬ。

親の体質は子供に伝わる。幼少の時に現れるが、長ずるにつれて消えることがある。長じても消えず、一生抱えることもある。また、幼少時には現れず、長じた後に現れること

もある。

秀忠の場合は、この長じた後に現れた例かも知れぬ。この場合は、まず進行を食い止め、然る後に治す手立てを施すこととなる。

数日後、秀忠を診ることとなった。

方斎は、環斎に手伝わせることを願い出、許しを得た。病ありと認めた場合、その治療には長期間かかると思われたことによる。

秀忠への見立ては、密やかに江戸城内の奥まった部屋で行われ、忠勝が立ち会った。秀忠は事情をよく心得ているようで、方斎の指示に素直に従った。

忠勝は、方斎父子が作業を進める間、その様をじっと見ていた。

忠勝は戦場を駆け巡った男である。傷を負った将兵が治療を受ける様は、数え切れぬほど見ている。しかし、平時に、このようにその様を間近で見るのは初めてであった。

そして、方斎はもとよりながら、何よりも環斎の振る舞いを観察した。その動作はきびきびしており、よく心得たものであった。方斎が指さして指示する間もなく、先んじて自分の手を動かしている。

作業は半時ほどで終了した。

秀忠が立ち去った後、忠勝が破れ鐘の声をひそめて聞いた。

「如何か？」

「病が認められまする。治療が必要となりましょう。まずは病が進むのを止めねばなりませぬ。それには一年はかかりましょう。その後、平癒に向けた治療を進めることとなり申す。それには数年以上かかりましょう。病が高ずるのを止めるのが焦眉の急にござる」

「一年とは長いな」

「左様。ただし、半年以内に、見通しはついてくるでありましょう」

「ところで、治療はどのように進めるのじゃ？」

「生薬を煎じて飲むのでござる。生薬は、我らの手元にある秘薬を使いまする。その薬草の顕著な薬効は確かなもので、この度の治療に適切なものにござる」

「相分かった。まずは半年を念頭に、長期の構えで進めるとしよう。殿にお知らせする故、追って沙汰を待て」


数日後、早速に沙汰があり、家康に謁見となった。

家康は、諸事に大変多忙と思われる中、この件を大事として、時を置かずに動いている様が見て取れ、事を急いでいる気配を感じた。

その日、殿中で一通りの所作を経て、前回に同じく家康、忠勝との密やかな鼎談となった。

家康が、方斎をしっかと見つめながら声を発した。

「方斎、秀忠の治療を頼むぞ」

この時、方斎は、この家康と〝共に生きる〟道を選ぶ覚悟をして答えた。

「畏まってござる。これも殿とのご縁にござる」

「うむ。手立ての委細は、忠勝の差配に従ってくれ」

「承知仕りました」

「これは、先に話した通り、決して余人に知られてはならぬ。儂の足元の大事なのじゃ」

（十二）薬売り

「ところで方斎、秘薬を使うとのことじゃが、その薬草は、どこでどのようにして見つけたのじゃ？」

と、家康は興味津々といった面持ちで尋ねた。家康は、かねてより薬草には人一倍の興味を抱いており、後に自分の薬草園を持つに至ったほどであった。

方斎は、それを五年かけて苦労の末に探し当てた経緯を一通り語った後、家康の興味顔に誘われて、更に語った。

「医の術にはいろいろありまするが、生薬に拠るところが大きいのでござる。

生薬は、古来〝腹痛にはこれ〟〝熱冷ましにはあれ〟と、各集落の中で伝承されてきたのでござるが、年月を経るにつれてだんだん一般のものとなり、中国ではその書物も編纂されて、我が国にも伝来した次第にござる。

その後、我が国に於いても、特に近年に至ると医家が書物を著し、弟子に与えて教授することも多くなってきているのでござる。

それら医の術は、父から子へ、師匠から弟子へと伝えられてきたのでござるが、それらは基本に過ぎず、日に日に新しい生薬、新しい薬効、新しい処方を知り、習得していかねばなりませぬ。旧套の墨守にとどまってはならないのでござる。

そしてその担い手は、薬売りにござる」

「薬売りとな？」

「左様にござる。薬売りは、その多くは城下町などの大きい薬種問屋の差配を受けながら、市井の者、それに医者に生薬を売り歩くのでござる。

人は病に苦しむものにござるが、医者は少なく、医者にかかるのは難儀なことにござれば、凡そ人の居る所、どんな辺鄙な集落にも薬売りの足は及んでおりまする。

草深い里では、生薬を浮世絵に包んで渡したりすれば、大人気とのことにござる。

中には浮世絵を手に入れるのが楽しみで、薬売りが来るのを待ち望み、浮世絵欲しさに必要もない生薬を買う者も多いと聞き及びまするほどにござる。

若い頃、戦いの場の医に飽き足らず、市井の医を志した時、師匠に引き合わせてくれたのは、かねてより見知っていた薬売りにござる。

我が師は、当時名医といわれた曲直瀬道三殿の弟子にござった。一度、師匠の供をして、道三殿に会ったことがござる」

「左様か。道三の名は知っておる。太閤を診たことがあったのでな」

と言いながら、家康は、

〝この方斎も名医である。儂は幸いにも、この名医に出会って助かったのだ。秀忠も必ず治癒するに違いない〟と改めて確信した。

方斎は、興味深げな家康を見て、更に続けた。

「ただし、薬売りは、薬を売るだけではありませぬ。ある所で新しい薬草、新しい薬効、新しい処方を聞き込むと、それを他の所で吹聴し、薬種問屋にも注進するのでござる。

するると、それを聞いた医者や市井の者達は、その新しい生薬、効能、処方を試み、薬種問屋は、農家に頼んで、或いは自分で所有する薬草畑で栽培して、薬売りともども商いを広げるのでござる。

大きい町の薬種問屋は、両替商や呉服商などに伍して大商家の一角を成し、薬蔵の立ち並ぶ広壮な屋敷を構える者も多いのでござる。

この一連の動きは、薬種問屋や薬売りの商売のためでござろうが、我ら医者にとって有り難い、欠かすことのできぬ重要な存在にござる。その知らせを得て、我らの医の術は進歩し、世の人々の役に立つのでござる。

我らは、彼らから新しい知らせを自ら求めて聞き取り、時にはより詳しい消息を調べて提供してくれるよう頼むことも多く、最近は、商売熱心な薬種問屋と直接やり取りすることも多いのでござる。そんな中で、最近は医者の間での交流も盛んになってきており、知見の取り交わしも行われるようになってきているのでござる」

「うむ」

「更に面白いことに、薬売りは、生薬を売りながら世間話をして客を喜ばせる一方、商売の種になりそうな人々の暮らしぶり、町の中の様子などを聞き取るのでござる。

それを、次には他の所の人々に、もちろん我ら医家にも、世間話の中で面白おかしく吹聴し、聞かせてくれるのでござる。

その中には、〝ここの殿様は体が弱く、家中で揉め事が多い〟とか、〝城の普請の最中、石垣が崩れて、大勢の怪我人が出た〟とか、茶を飲みながら、いろいろな話を聞き込むのでござる」

「城の石垣となア」

「左様にござる。薬種問屋を中心とした薬売りからの知識は、いまや医のために欠かせぬものとなっており、その質もなかなかに確かなものにござる。

彼らの遣り取りは、全国津々浦々に隈なく網のように広がっており、その知見の量の大きさは、実に驚くべきものにござる。

その広がりは一般の民や市井の医家だけでなく、禁中にも及んでいるのでござる」

「禁中となア」

「左様にござる。禁中とても病に苦しむ方々が居り、医者も居りまする」

方斎の話に聞き入っていた家康は、驚きを隠せぬ様子であった。

これまで、医・薬に関わるこのような話を聞いたことは全くなく、自分がこれまで身を置いてきた政事、戦闘の世界とは、全く別世界の話であった。

何事かを考え巡らしているふうの家康を見て、方斎は、

〝五年余り苦労して見出した薬草の自慢話を、ついしてしまったな。更に、図に乗って薬売りの話など、いらぬ講釈をしすぎたかも……〟と後悔した。

家康が立ち去った後、忠勝より、

「暫く藩邸に留まり、沙汰を待て」

との命を受け、方斎は城を退出した。

その数日後、忠勝より急に沙汰あり、再び家康に謁見となった。

「此度は何事か」

と思いながら、方斎は早速に参上した。

これまで通り、城中の奥まった部屋で一通りの所作が終わると、家康、忠勝との密やかな鼎談となった。

「先に聞いた薬売りの話じゃが……」

と家康は、実に驚くべきことを話し始めた。

「そちの医・薬に関わる生業の中で、世の動きについて知り得たことを、そちの元にまとめて、儂に知らせる仕組みを作ってくれ」

驚く方斎に、忠勝が家康の言を引き取って、語った。

「知見には、諜報（ちょうほう）といって差し支えないものがある。

戦に際して、事前に相手方の情勢を探って味方の陣を整え、更にそれを基に相手方を調略して、戦に勝つためのものである。これは〝陰の知見〟といってよかろう。これは、専一に探索方の仕事である。

しかしながら、他方に於いて、〝陽の知見〟といってよいものがあろう。世の中の動きについて、政事を乱し、良民を苦しめることになるかも知れぬ消息を得て、世の中が乱れることを未然に防ぐというものである。

更にいえば、〝重陽の知見〟といってもよいものも、数限りなくあろう。生活を楽しませるためのものである。旨い食べ物や面白い芝居などの知見である。これについては何もいうことはなかろう。

そちに頼むのは、この〝陽の知見〟である。

通常の医・薬の生業の中で、自然に得られるものだけでよいのだ。殊更求めて、深入りして集める必要は全くない。

集められたものを我らが見て、更に調べる必要を認めた場合は、それ以降は探索方の仕事となる。

殊更構え直すことはない。陽の知見に限定した、極めて緩やかな仕組みと心得ればよい。〝我らが長い戦いの末に、なんとかここまでに達し得たこの平穏な世の中を、長く続くものにしたい〟というのが殿の御意向である」

家康、忠勝の話に聞き入りながら、方斎は、このような危険さえ孕むと思われる、政事に関わる策に加担することに、恐ろしさをも覚えて、身が震える心地を禁じ得なかった。

しかし、一方に於いて、この話に深く感じ入るところがあった。そして、

――これも、家康殿との長い縁に繋がる自分の運命の一つであり、この命に於いても、

この家康殿と〝共に生きる〟のは、世に尽くしたいと願う自分の生き方に沿うものであろうか、と心を決めた。

「畏まってござる。懇意にしている薬種問屋も、そして医家も数多くなってきてござる。三州、そして遠州・尾州はもとより、北は越州、東は野州・会津、そして西は京・大坂から播州(ばんしゅう)・芸州、更に遠くは肥州とも知見交換はあり申す。

生薬は、北から南まで、その土地ごとにその種類は異なり、その薬効・処方も様々なのでござる」

（十三）薫風

忠勝は、秀忠の治療についての家康の下知を受け、素早く動いた。

「そち達はなお暫く江戸に逗留し、追って沙汰を待て。その間、江戸市中を見て回ると良かろう」

方斎と環斎は江戸の町を見物した。

江戸は、町造りの真っ最中であった。大名・武家屋敷とともに町家の普請もそこかしこで盛んに行われており、道の普請も中途半端ではない。環斎は目を奪われるばかりであった。

「大層な町でございますな。人が溢れ、活気に満ちておりまする」

「左様。程なく堺・大坂を凌ぐほどに大きい町になるであろうな」

一週間が経った頃、忠勝から使いの者が来て、屋敷へ同道することとなった。

屋敷は豪壮な構えだが、家屋の造りは至って簡素なものであった。

「秀忠殿の治療を速やかに始めねばならぬ。そして、長期の構えを設えねばならぬ」

「畏まってござる」

「ついては、江戸に住んでもらわねばならぬ」

「承知してござる。ただし、長丁場でござれば、その儀は、当初より環斎を充てたいと存じまする。環斎は既に儂に劣らぬ医の術を心得てござる」

「相分かった。ところで方斎、環斎を婿養子に出す気はないか？」

「婿養子に？」

「左様。儂に心当たりがある。三州出身の直参旗本で、儂に同じく殿に長く仕え、共に戦い抜いてきた男がいる。一人娘の婿を探しておる。

前に話した通り、此度の件は他の者に知られてはならぬ。殿の厳命である。殿中の奥医には診せず、そちに頼むのもそのためじゃ。

直参旗本であれば、度々殿中に出入りし若殿に謁見しても、誰も見咎めはせぬ。ましてや、五千石の旗本である。誰もが一目置く存在である。疑いを思い及ぼすことはない」

「分かり申した。殿のお力を得て、お役に立てれば幸いと存じまする」

「よくぞ申した、方斎、そして環斎。これで決まりじゃ。

儂が勝手に早手回しをしたと思うかも知れぬが、この話はそち達にとって決して悪い話ではないと信じてのことじゃ。

儂とて同じなのじゃ。殿にこれまで長年仕えてきたが、殿が単に主人であるからではない。殿と〝共に生きる〟という道を自ら選んだが故なのじゃ。それに……」

と一旦言葉を切り、続けて言った。

「娘御は大層な別嬪じゃ」

数日後、方斎と環斎は忠勝の屋敷に招待された。茶飲みの会とのことであった。

当日昼下がり、訪ねてみると、案内されたのは茶室ではなく、中庭に面した客間と思しき閑静な部屋であった。

招じられて中に入ると、先客が居た。初老の武家である。

「儂が昵近にしている澤田善務殿である」

と忠勝が紹介した。

方斎達は、すぐに、環斎が婿養子入りしようとしている旗本の当主であると合点した。

互いに挨拶を交わし、同じ三州の出身であることから、話も気が置けないものとなった。

善務は、戦乱を戦い抜いて来たとはいえ、今は如何にも正しく身の整った武家らしく、その物腰は、堂々としながらも飾るところがなく、品格があった。

その時、明かり障子の外廊下に声があった。

「御免下さいませ。お茶をお持ちいたしました」

忠勝に招じられて、背筋の通った娘が入って来た。

一目でそれと分かる豊満な体に、折り目正しく着付けられた明るい空色の着物をまとったその見事な姿は、部屋に華やぎを与えた。

立ち居から正座し、両手をついて挨拶するその端正な所作は、座を共にする者達に、自然で気付くこともないうちに、爽やかな心地よさを与えた。

〝武家の娘の作法とは、かくも見事なものなのか……〟と感銘を覚えながら、環斎は娘を見遣った。

「善務殿の娘御の晴殿である」

「晴にございまする」

と言葉少なく発して、改めて両手をついて挨拶すると、身を起こして方斎、そして環斎をじっと見つめた。

環斎には、その目鼻立ちの整ったふくよかな顔立ちには、

〝私の夫となるやも知れぬお方は、どのような……〟

との必死の思いが宿っているように感じられたが、それは一瞬だけであった。すぐに安堵に満ち溢れた、晴れやかな顔立ちになっていた。

侍女が、晴に付き従って運び込んだ煎茶の道具一式を部屋に取り揃えて立ち去ると、晴は、早速茶立てに取りかかる。

「儂は無調法で茶道は心得ぬのじゃ。朋輩(ほうばい)は皆よく嗜(たしな)んでおり、武家のはしくれとして儂は失格じゃ。

此度良い茶が手に入ったので、晴殿に手伝いを頼んだ次第じゃ」

そうこうしているうちに晴の手が進み、馥郁(ふくいく)たる香りが部屋に満ちて来た。

出来上がった煎茶が晴の手により各々に配られ、皆、碗を上げつつ立ち上る香りを楽し

みながら、茶を味わった。

晴は、環斎をじっと見ていた。

〝わたくしの立てたお茶のお味は如何？〟と問いかけるように。

環斎は驚いた。〝茶とはこんなに芳しい香りと味がするものなのか〟と。草深い里で飲む茶とは、まるで違ったものであった。これまで茶の名のもとに飲んできたものは、一体何だったのだろう？


心地よい香りの中、歓談が続いて、和やかに茶会は終わった。

侍女が茶道具を持ち出して立ち去ったのを見届けて、晴は改めて居住まいを正し、

「これにて御免下さいませ」

と挨拶した。忠勝に、そして方斎父子に。

その所作は、先に同じく端正で優雅であった。

晴は、立ち上がる前に、一瞬〝にっ〟として頷く気配で、環斎を慎ましやかにじっと見遣った。

環斎が一瞬それを見て取って、同じく頷く気配を見せてしっかと見合うと、晴はそのまま目を伏せて立ち上がり、静かに部屋を立ち去った。

晴のその一連の立ち居振る舞いは、あたかも薫風がその香りを後に残して、心地よく吹き抜けていったかのようであった。

その後、なお暫く歓談が続いた後、善務が挨拶を交わして、先に立ち去った。

忠勝が、このように茶会を催して、婿・嫁となる二人の出合いの場を設けたのは、当時としては珍しいことであった。娘は親にいわれるがまま、どこの誰とも分からぬ者に嫁いでいくのが普通であった。

この茶会も、忠勝にとって、家康の意を体した自分の目論見を問題なく取り進めるために必要な手立ての一つであったやにせよ、忠勝の、人の心への思い遣りに満ちた仕業であった。

善務を送り出して、部屋に戻った忠勝が、

「如何か？」

と、方斎に目を遣りながら問うた。

「良き方々とお見受け申した」

と方斎が答えると、忠勝は、続けて環斎に目を移した。環斎は、その視線に応えて声を発した。

「父の許しがあれば、良きお話と存じまする」

「うむ。先方も〝よろしく〟とのことであった。

これで婿養子入りは本決まりじゃ。国元へ戻り、沙汰を待て」

かくして、家康の〝謀〟を体して独り者の環斎を狙った忠勝の〝深読み〟は、方斎の二度目の江戸出府以来、誰にもそれと知られぬ中、自然な成り行きの形で成功した。忠勝の見事な仕業であった。

（十四）挑戦

方斎と環斎は、国元へ戻ると、直ちに秀忠の治療の準備に取りかかった。

まず、薬草の手配である。方斎は、春斎を甲州の杏の里へ向かわせることとした。

薬草は、杏の里で見つけ出して持ち帰った後、一部はその薬効と処方を確認するために試用し、その後は危急の場合に限って実際の治療に使用しており、費消分は限定的に杏の里の名主から送り届けてもらっていたのだが、今はごく僅かしか残っていなかったのである。

薬草を採取できるのは年に一度、それもごく僅かな量に限られる。当初の半年～一年の間は強い処方で使うので、一年で採取できる量では足りないくらいであった。

今回は余人には知られてはならぬ事案であるので、自分らの足で直接甲州と往来し、江戸へ運ばねばならない。

春斎は、早々に出立した。時あたかも、三州では既に冬が終わりに近づき、早春の気配を感じさせていた。

長旅の後、甲州・韮崎から長沢を経て、〝旅人〟の〝医者〟春斎は、街道から〝脇道〟へ入って杏の里に至った。最初に年若い頃、方斎と共に初めてこの地に入り、五年通った後に立ち去ってから、既に長い歳月が経っていた。

暫く歩を進めると、〝杏林〟が見えてきた。この長い間に、今やその数は驚くほどに増え、実に立派な林となっていた。村人達が折々に植え続けたのだろう。

名主の家が見えてきた。門前で案内を乞うと、中から女が出て来た。

春斎は、ふとどこかで見かけたような気がした。

春斎が名乗り、用向きを伝えると、女はすぐ引っ込み、男が出て来た。

〝何用か〟と訝る眼差しで春斎を見つめた。二人は、見合ううちにお互いの昔の面影を探し当て、改めて久方ぶりの邂逅に喜び合った。その男は、薬草探しで春斎と行を共にした名主の息子・武次であった。

春斎は、座敷で茶を飲みながら、今回の目的を話した。ただ、「急に、できるだけ多くの薬草が必要になった」と。

武次が答えて言った。

「分かった。あと二、三日もすれば、丁度薬草の花が咲き始めるだろうから、採取できるだろう。

それに、あの後、折々に方斎先生に送り出す時、その分に加えて、念のため少しだけずつ採取して、納屋に蓄えてある」

早速納屋に行ってみると、十分な量が丁寧に保管されていた。

座敷に戻ると、女が入って来て茶を入れ替え、改めて挨拶した。

春斎が女の顔をじっと眺めているのを見て、武次が言った。

「儂の妻女です。先年、方斎先生が初めてお出でになった日、高熱を発して寝込んでいるところを助けていただきました」

「おお、あの時の娘御か！」

春斎は驚いた。どうも見覚えがあるような気がしていたのだが、あの夜、徹夜で看た娘が、武次と夫婦になっていたのだった。

その元気な姿を見て、春斎は、

「これこそ医者冥利に尽きるというものだ」

と、例えようもなく嬉しく思った。

「ところで、親父殿は如何か？」

「父は、先年身罷りました」

過ぎ去った歳月は、如何にも長かったのだ。その間、嬉しいこと、悲しいこと、様々なことがあったのである。

翌日、〝薬草採りはまだ無理〟ということで、長旅で疲れた体を休めていると、医者が来ていると聞きつけた村人達がやって来た。

春斎は、診終わった後、

「礼の代わりに、杏の木を一本植えろ」

と、方斎の真似をして言いながら、思った。

〝方斎先生は、杏の木が一本ずつ増えてゆき、やがては杏林になることを楽しみとしたのではなかっただろうか。

せめてその楽しみがなければ、五年もの間、毎年何の成果も得られぬままに引き揚げねばならないことには、志は失わぬにしても、なかなかに耐え難く、何とも寂しかったことだろう。

人は、苦難の中で、何か、たとえそれが如何に些細なものでも、心の拠り所となるものを持つことが必要で、それによって苦難に耐え、希望を持って自らを励まし続けることができるのではないだろうか〟と。

その翌日も、〝まだ無理〟ということで、春斎は村人を診ながら忙しく過ごした。杏の木は一本ずつ増えていった。

三日目、若き当主は、

「一人で大丈夫」

と言って、少し大きめの袋を腰に回して、夜もまだ明けやらぬうちに出かけた。

当主は、昼過ぎ早々に戻って来た。多分、当主にとっては既に歩き慣れた道になっていたのであろう。

「花が咲き揃っていて、見つけるのは楽だった。今年は大分花株の数が多かったので、多めに採取できた」

と言って、採取した薬草を袋から取り出して、すぐに筵(むしろ)の上に広げた。春斎が急ぎ旅であると聞いていたので、少しでも早く乾燥させるためであった。

春斎はそれを見て、量的には蓄えてあった分を少し分けてもらえば十二分になることを確認して、安堵した。

陰干しされている薬草を眺めながら、春斎は考えた。

「この薬草の薬効はずば抜けて大きいが、どこからきているのであろう？」と。

春斎は、ふと朝鮮人参を思い浮かべた。

〝朝鮮人参は、何年もかけて土の養分を根こそぎ吸い尽くして、ようやく生長するのだが、その土は、その後長い間放置し、養生しないと何物も育たない凄まじい代物だ〟といわれていた。

その薬効は顕著であるとして、古来珍重されてきたが、今は対外交易はご禁制である。琉球(りゅうきゅう)より僅かながら入って来ることがあり、国内でも栽培が試みられているとの話は聞こえるが、市井には回ってこない。

数年前に、方斎が肥州の藩医から、朝鮮人参と称するものを一かけら入手したことがあった。試用してみると、確かに薬効は優れていたが、この薬草には遠く及ばなかった。

何年もかけて滋養を凝縮させると思われる朝鮮人参でさえ遥かに及ばないほどの薬効を発するこの薬草は、一体何なのだろう？

毎年、早春の間のみ生育し、滋養を蓄えるのだろうが、その滋養の嵩(かさ)は朝鮮人参に比べれば遥かに小さいだろう。同じ株が毎年花を咲かせて滋養を蓄え続けるのだろうか？　或いは多分、その滋養の中身が全く異なるのではないか？

春斎は考えを巡らせてみたが、我ながらよく分からなかった。

「何はともあれ、絶大な薬効は確かなのだから、大いに役立てるに如(し)くはない。そのうち時代が進めば、その辺りのことも分かって来るのであろう」

と、自らを納得させた。

暫くすると、当主が、

「見せたいものがある」

と声をかけてきた。

春斎が支度を整えて外に出ると、当主は春斎を近くの里山の裏手の方へ誘った。

暫く行くと、少し開けた所に出た。そこは、何か見覚えのあることを感じさせる風景だった。大きい木の根元に近づくと、当主が、

「あれを見てくれ」

と言った。その指さす方を見ると、

「薬草ではないか！」

と、春斎は思わず叫んだ。

そこには、確かにあの薬草があったのだ。既に夕方に近く日が陰っていたので、その花びらは閉じていたが、間違いなくあの薬草だった。

当主は、驚く春斎に説明した。

「父の後を受けて名主になった時、改めて村の中を見回ったのだ。村の生活はなかなかに厳しい。開墾するなどして、役に立ちそうな土地はないものかと、村人が普段入らない辺りまで足を踏み入れたのだ。

そして、ここに至った時、この辺りの地形が、あの薬草が自生している所の形と似ていることに気が付いたのだ。

そこで、試しに薬草を数株移植してみた。すると上手く根付いたようで、翌年花が咲いたのだ。それでその年、更に数株移植すると、それらも次の年に花が咲いた。新しい花もあった。それを繰り返して、今目にしているようになったのだ。まだ採取したことはないが。

他にも似た地形の所があるので、〝村の産物として栽培できるかも知れない〟と思っているところなのだが」

それを聞いた春斎は、感心した。〝名主とは偉いものだ〟と。

村人のためにいろいろ考え、村の発展を図って新しいことに挑戦しているのだ。

春斎は、この若い名主の試みを目の当たりにしながら、思いを巡らした。

人は、常に新しいことに挑戦しなければならないのだ。それは、方斎先生を見ていていつも感ずることだ。

先生の若い頃の豪族内での新しい試みへの挑戦は、不条理な処遇に遭遇する中で挫折したが、その後、市井の医術と医の〝心〟に挑戦し、長年にわたる薬草探しとその処方に挑戦し、今は、将軍家存続のための重要な役割に挑戦しているのだ。

それは、家康との縁で、思いもかけぬ運命にただ翻弄されるのではなく、その中にあってその都度、世の中のために〝自分は今何を為すべきか〟を自ら見定め、この度の家康の願いを良しとして、家康と〝共に生きる〟ことに挑戦することにしたのだ。

家康の命令だからただやるのではなく、そこに自らの意志がはっきり働いているのだ。

そして、改めて春斎は思った。

自分は今、新しい世の中のためになることに挑戦しているか？　と。

今は、方斎先生の挑戦の一部を担ってはいるのだが、この薬草について方斎先生は、危険な使われ方を排除するために、これまでは秘薬として取り扱っているが、戦国の世も終わり世の中が落ち着いたら、秘薬扱いを解除して、広く公開することになるかも知れない。

そうなれば、この名主の試みは実を結び、村人のためになるのだが。きっと近い将来そのようになるのではないか」と。

その日の夜、夕餉（ゆうげ）の後、当主がぽつりと口を開いた。

「大分前、一人の女が、若者を連れて訪ねて来た。

話を聞いてみると、〝自分の夫の里がこの辺りではないか〟と、奈良からやって来たとのことだった。

その女は、夫亡き後、棟梁だった夫の弟子達から、〝自分の里は甲州の北方の山峡だと言っていた〟と教えられたのだ。

夫は、かねてより〝妻と子供を自分の里に連れて行ってやりたい〟と言っていたのだが、〝帰りにくい事情がある〟とのことで、そのままになってしまったとのことだった。

女は、〝女一人の長旅は難しく、子供が旅に出られる年になったのでようやく来られた〟と、感慨深げに言った。

父は、〝女の夫は自分の息子に違いない〟と悟り、その死を知って悲しんだ。しかし、成長した孫を見て、〝息子の生まれ変わり〟と言って大変可愛がった。

女は暫く逗留した後、〝また来たい〟と言って、子供と共に帰って行った。

その時、女は〝方斎という医者が、夫をよく診てくれたと聞いた〟と言っていたが、それはあの方斎先生のことでは？」

「左様」

と言って、春斎は、方斎から聞いていた宮大工の治療中の事どもを語った。

「そうだったのですか……」

と言って、若い当主は、今は亡き兄の心情を思い遣って涙ぐんだ。そして思った。

「父が聞いたら、どう思っただろう？」と。

春斎は翌日の早朝、

「また来年の今頃来る」

と言って、出立した。

「薬草は採取しておきます」

と言いながら、夫婦揃って見送ってくれた。

春斎は、歩きながら思い願った。

「この薬草は、きっとよく効くだろう」と。

それにしても、これから毎年一度、この地を訪れねばならないとは、思いもかけぬことだった。

この薬草を運ぶのが自分の役割だが、将軍家の大事に自分が関わることに自分の運命の一端を感じ、心が騒いだ。

杏林が見えてきた。

「なんと見事な、美しい光景だろう。これからも、更に大きく広がっていくことだろう。自分が今回診た、そしてこれから診るであろう村人の分を含めて。

中国に、桃の里・〝桃源郷〟と呼ばれる楽園があるというが、この地はもう、杏の里・〝杏源郷（きょうげんきょう）〟ではないか！」

春斎は、長沢宿を経て、三州へ向かった。一旦、三州へ戻り、環斎の江戸での生活が落ち着いてから、今回採取した薬草を届けるのである。

当面の分は、環斎が自分の手元にあるものを持参するのだ。

（十五）折れ菖蒲（しょうぶ）

環斎の身の回りも、大きく動き始めていた。

方斎父子が国元へ戻って程なくして、環斎は、三州吉田藩の城主・松平家清の養子となった。その上で、直参旗本・澤田善務の婿養子になるのである。

その頃は、特に武家の間では、婚姻に際しては家格が重んぜられていたのである。

その際、大名と直参旗本は、禄高（ろくだか）の差に関わりなく、家格は同等と見なされていた。

同時に環斎は、家清の家老・武田英準の下で、武士・武家の心得、政事の仕組み、城中の役柄等々についての手解（てほど）きを受けた。

全て、忠勝の差配であった。

方斎父子にとって、驚くべきことの連続であった。先に方斎、そして長子・優斎が吉田藩の藩医になったことを含めて。

環斎と晴の婚姻の儀は、善務の屋敷で行われた。

婿養子取りであることもあり、近い縁戚の者と、ごく昵懇の者達だけが参集した簡素なものながら、大いに華やかな宴（うたげ）となった。

控えの間で、環斎が晴の背を何気なく見ると、家紋が目に入った。

丸の中に菖蒲の葉が五枚、中央の一枚は長く直立し、左右の各二枚は先端を曲げ端に向けて傾けて順に短く、全体に山形を成しているが、右手の中央の一枚が中程で手前側に、右端に向け斜めに折れている。

家紋に見入っている環斎に気付いた善務が、近寄って来て説明した。

「当家の家紋で、〝折れ菖蒲〟というのでござる」

「珍しい紋でございますな」

「左様。謂(いわ)れは分かりませぬが、当家に代々伝わっている家紋でござる。これまで、当家以外に見たことはありませぬ」

環斎はこの家紋が気に入った。

家紋は、徳川の三(み)つ葉(ば)葵(あおい)や武田菱(たけだびし)の如く、中央の左右に対称になって安定した形となっているものが多い中で、この〝折れ菖蒲〟は、右側の葉が一枚折れて、対称を崩して緊張感を与えているが、それでいて筋の通った品格を感じさせる整った形となっている。

「不思議な形だ。どのような謂れがあるのであろう？」

二人の話し声に気付いたのか、晴がふと振り返って、父親と婿殿となる環斎を見比べる。

「どうしたの？」という面持ちで。

父と婿殿が親し気に話し合っているのを見て、晴は嬉しかった。

「お客様がお揃いです」

祝宴闌な中、末席に居た、まだ幼いといった方がよいほどの若者が立ち上がり、環斎の前に進み出て、正座し挨拶をした。

「善四郎にござる」

晴が、紹介の言葉を添える。

「当家が昵近にしている阿部家の御子息にございまする」

暫く言葉を交わす中に、環斎は〝しっかりした男だ〟と、若者の非凡な才能を感じ取っていた。確かにその天稟は、縁戚や知る人々の間では、既に評判するところとなっていた。

善四郎は、まだ幼い頃から、晴のことを知っていた。両家とも直参旗本同士で、互いに近隣に住み、善四郎の長姉が晴と同い年でもあることから、親同士での往来があったからである。

そして善四郎は、晴を見知って以来ずっと〝胸の張った綺麗な人だ〟と秘かに心惹かれ、憧れを覚えていた。だが、遠くから見たことがあるだけで、間近で見たことはなかった。

善四郎がまだ年少の頃、庭先で遊んでいた時のことである。

庭に面した長い外廊下に響く足音に、ふと目を上げると、客間から出た客人が廊下にさしかかったところであった。

その客人が晴であることはすぐ分かった。

晴は、背筋をしっかり伸ばし、真っ直ぐ前を向いて、堂々とした足取りで廊下を進み、善四郎の居る方へ近づいて来る。

善四郎は、その晴を、ただただ見つめながら立っていた。

晴は、善四郎がそこに居ることに気が付いていたが、殊更見遣ることもなく、ただ僅かに微笑(ほほえ)みを見せたまま、晴を見上げながら立っている善四郎の間近を通り過ぎようとしていた。

晴が善四郎の眼前に迫った。その時である、晴に向けて善四郎が声を上げたのは。

「姐御(あねご)のお通り！」

その声に、晴は歩を進めたまま、廊下の上から善四郎を下に見遣り、

「にっ」

と微笑み返しながら、

「いけません」

と眼で叱り、すぐに顔を行く手に戻して、歩みを止めることもなく、そのまま通り過ぎて行った。

善四郎は、外廊下を通り離(さか)る晴を、そのままじっと見続けた。

「尻の大きい人だな」

と思いながら。

そして、とうとう晴は、外廊下を渡り終え、母屋に消えていった。

〝姐御〟とは、武家の子供が口にすべき言葉ではない。市井でも鉄火な言葉である。善四郎はどこかで聞き覚えて、使ってみたかったのである。晴に、敬愛の情を込めて。

善四郎は嬉しかった。晴が自分に気付き、自分の投げかけに応えてくれたのである。そして叱ってくれたのである、まるで幼子を窘めるように。

男子が性に目覚めるのは、いつ頃のことなのだろう？


華やかな宴も終わり、屋敷内は静寂に包まれた。

荒川環斎、改め澤田環は、寝所の夜具に横たわった。行灯の光が微かに揺らめいている。

明かり障子が静かに開き、晴が入って来た。心地よい香りが仄かに漂ってきた。

晴が並んで敷かれた夜具に入った。芳しい香りが二人を包んだ。

環は身を起こし、晴の掛け布団を取り払った。そこには、薄い寝衣に包まれた晴の豊満な体があった。腰の所が細い紐で締められている、ただし緩く。

環がその腰紐を解き、寝衣の胸元を両手でぐっとはだけると、双の豊かに盛り上がった乳房が現れた。仰臥しているにもかかわらず、形良く直立している。

両手でその乳房を掴み上げると、

「あっ」

と晴が声を上げた。

そのまま乳房を揉みしだくと、

「ああっ」

と言って、のけ反った。

環が晴の背中に手を回して、豊かな胸を引き寄せると、それに応えて、晴もぐっと胸を突き寄せた。

晴の顔が間近に迫った。環と晴は互いに深く見つめ合った。

とその時、晴の愛らしい小さな唇が開いて、言葉を発した。

「わたくしを……可愛がって下さいませ。晴を、可愛がって下さいませっ」

「……」

「わたくしは……あなた様のものにございまする。晴は、あなた様のものにございまするっ」

晴は、必死の思いで環を見つめ、胸を更に寄せた。

「うむ」

環は、それに応えて晴を更に強く抱き寄せ、唇を吸った。

唇を吸い合いながら、晴は環に懸命に抱き付いた。

環は、晴の寝衣を取り払った。

全てを剥ぎ取られた晴は、一糸まとわぬ姿となり、大の字になって、その豊満な肉体を環の前に曝(さら)け出した。

「見て！　わたくしを見て！」

と、その肉付き溢れる裸身が叫んでいた。

その夜、二人は深く結ばれた。


環は、朝の光を感じて目を覚ました。

横に晴が、しどけない格好で寝ていた。

環は、晴の臈(ろう)たけた寝顔をつくづくと眺め入りながら、

「こやつとなら、やっていける」

と思い、晴を限りなく愛おしく感じた。

暫く見ているど眠気が戻り、再び眠った。


廊下の足音で環が目を覚ますと、障子を開けて晴が入って来た。

「お目覚めですか？」

と言って、起き上がった環の前で立て膝になり、環の着替えを手伝った。

朝のしどけない寝姿を環に見られてしまったとは、晴は知る由もなかった。環が目を落とすと、晴の首筋に残る髪のほつれ毛が、昨夜の激しい営みを物語っていた。

晴は、ふと着替えの手を止めて環を見上げ、縋(すが)り付くようにじっと環を見つめた。

何かを聞きたいのか、言いたいのかとの面持ちだったが、黙って目を落とし、着付けが

終わると、

「あちらに、朝餉の支度が出来ております」

と言って、部屋を出て行こうと障子を開け、廊下に出て障子を閉める前に、振り返って、

「にっ」

と笑って環を見つめ、そのまま足早に部屋から立ち去って行った。

（十六）琴の音

環と晴の新しい生活のための身の回りの設いも整い、環の初登城の日を待つばかりとなった。

環が居室に一人座して、静かに外廊下越しに中庭に目を遣っていると、琴の音が聞こえてきた。晴が弾いているのだろうか？

物音一つしない森閑とした屋敷内に、琴の澄んだ音のみが響いている。

その音が遠くから聞こえてくるのが何とも心地よく、環はしみじみと聴き入った。

琴をはじめ、凡そ音曲なるものについては何の心得もない自分の心に、何の抵抗もなく自然に沁み入ってくるその妙なる調べに、

「晴の琴の腕前は、相当なものなのではあるまいか？」

と、ふと思った。

「武家の娘とは、茶といい琴といい、かくも見事にその習い事を身に付けるものか」

と、その嗜みの良さに驚き、感じ入るばかりであった。

武家や城下町の大きな商家では、子女のうち男子には謡を、女子には琴を習わせるという話は聞いていたが、そもそも習い事は何のためにするのであろう？

信長が謡・舞を能くし、秀吉が茶を嗜むなど、戦国の諸将が戦乱の最中にもかかわらず習い事に時間を割いたのは、驚くべきことだ。

ただし、それは単なる趣味といったものではなく、武士の人格の一角を為すものとの認識があったのであろう。

それはさておき、普通の生活の中で、特に女子はいろいろと習い事が多いようだ。料理や衣の繕いは、生活のために習得せねばならぬし、茶や生け花は、生活に彩を与えるために習得するのが好ましい。

だが、琴や謡となると、生活になくてはならぬものではない。

では、琴とは何か？　自らが楽しみ、自分の心身を鍛えるものなのであろうか？

「しかし」

と環は気が付いた。

「自分は、そのような習い事は何もできないではないか」

環は草深い田舎に生まれ育ったので、習い事の類とは全く縁がなかった。必要もなかったし、身に付けたいと思ったこともなかった。幼い頃は山野を駆け巡り、長じては、すぐに父の下で医者の修業に入ったのだ。

環は、言い逃れ半分で考えてみた。

「夫たる者は、それでいいのだ。習い事は、妻女に任せればよいのではないか」

そのようなことに思い巡らしていると、琴の音がはたと止んだ。

しかし、一瞬の間を置いて、また聞こえ始めた。調子が少し変わったようだ。荒々しく激しい動きになったようだ。暫くそれが続いてまた止み、一瞬後にまた始まった。調子が更に変わったようだ。これは三つの曲、或いは一つの曲なのだろうか？

琴の音が止んで暫くすると、晴が外廊下から環の部屋に入ってきた。豊かな髪を丁寧に結い上げ、明るい淡黄色の仕立ての良い着物を折り目正しく着付けた端正な装いであった。

それは、晴が長い間待ち望んでいた今日という〝この日〟のために、ずっと前から想いを込めて一生懸命に準備し、今日、時間をかけて自分で整えた着物姿であった。

晴は、部屋に入ると環の側に座し、

「お茶を一服如何？」

と言って、環をじっと見つめた。

〝わたくしの琴の音は、如何でした？〟と問いかける眼差しで。

「良い音だった。とても心地よかった」

「それはよろしゅうございましたな。嬉しゅうございまする。あなた様にお聴かせしたいと思って、奏でたのでございまする」

「途中で止まるごとに、調子が変わったようだが」

「一つの曲にございまする。〝序破急〟といって、一つの曲の中で調子を変えて変化を付けるのでございまする」

「琴は小さい頃から？」

「はい。でも、稽古に励みましたのは、年頃になってからにございまする。お聴かせする方のお耳を穢すだけではと……」

晴は、続けて言った。

「この日の来るのを、それ以来ずっと長い間、待ち望んでおりました」

「この日？」

「はい。あなた様にお聴かせして喜んでいただける、今日という〝この日〟を」

と言って、体を寄せる仕種を見せ、環がそれを迎える手を差し伸べると、晴はひしと環に抱きついた。

「晴は、嬉しゅうございまする、こうしてあなた様のお側に居られて」

二人は、しかと強く抱き合いながら、唇を吸い合った。

その間、環は、晴の髪と着付けを乱さないように、気を配らなければならなかった。


「お茶は、あちらの部屋で如何？」

と言って、外廊下沿いにある広間の方へ環を誘った。

広間は、外廊下を隔てて中庭の正面に位置していた。

晴は茶の準備に立ち去り、環が部屋に入ると、そこには赤い敷物が広げられ、その上に琴が一面置かれていた。

「晴は、ここで弾いていたのだ」

と合点した。

その琴は、何の心得もない環が見ても大層に見事な造りのもので、晴が大事にしてきたに違いないことはすぐに分かった。

その大事にしてきた琴を、晴は今日の〝この日〟にここに設えて、環のために奏でたのだった。

環は、その側に座して中庭を眺めながら、先ほど晴の言った言葉を思い返しているうちに、はたと気が付いた。

「晴は、儂を慰めるために琴を弾いたのだ！」と。

ここで〝慰める〟とは、悲しんでいる人に言葉をかけることではない。気配りして人の心を和らげ楽しませることなのである。

そうなのだ。晴は、自分の楽しみのために琴の稽古をしたのではない。その奥儀を究めたり、自分の心身を鍛えたりするために稽古をしたのでもない、ましてや、人に聴かせてその技を自慢するためではない。まさに、将来の夫に聴かせて、夫に楽しんでもらうために稽古をしたのだ。

女子の習い事は、何事も〝夫のため〟なのではないか。夫は手に職を持って、家族のため、世の中のために働き、妻は家族のために夫を支える。料理・衣の繕い、茶・生け花のいずれにせよ、その大本は夫なのだ。

習い事で自分が楽しむことはあろう。茶道・華道というが如く、自分の心身を鍛えることにもなろう。しかし、究極の目的は夫にあるのではないか。

晴は、このことを誰に教えられたのでもなく、当然のこととしてごく自然に、自らよく心得ていたのだ。

「晴はなんと良い妻女なのだろう。晴は儂の何にも勝る大事な宝物だ」

と感じ入り、この上なく愛おしく思った。

その時、

「お待たせしました」

と声がして、晴が茶を運んで入って来た。

晴は、環にじっと見つめられているのに気付き、茶を載せた盆を畳に置いて、改めて立ち上がり、環から少し離れたところで、着物姿の自分を環の前に呈した。

環のために時間をかけて一生懸命に結い上げた豊かな髪と、しっかり着付けたお気に入りの着物を環が気に入って、〝もっと見たい〟と思っていると感じたのだ。

晴も、今日という〝この日〟のために、前から心を込めて準備し、今日、念を入れて整えた自分の着物姿を、環にじっくり見てもらいたいと思っていたのだ。

晴は、暫く正面の姿を見せてから、体を右に回して横の姿を見せた。その後、更に体を回して後ろ姿を見せた。そして更に体を回して、横姿から正面に戻り、環を見遣りながら、

「にっ」

と、恥ずかしさも込めて微笑んだ。

〃わたくしの着物姿は如何？〃と問いかける面持ちで。

晴は、改めて茶を環に供して、環の側に座した。二人は言葉を交わしながら互いを身近に感じ合い、目を合わせて微笑み合いながら、茶をゆっくり楽しんだ。

暫くすると、晴が、

「もう一曲、弾きまする。如何？」

「義父上（ちちうえ）は？」

「いいのでございまする。今日はあなた様にだけ」

と言って、

「にっ」

と悪戯（いたずら）っぽい微笑みを見せて、環へ想いの籠った眼差しを向けた。

晴は、茶を片付けてから、改めて琴の方に向かい、座した。環に両手をついて丁寧にお辞儀をし、体を戻して環に目を遣った。

〃これからあなた様のために、わたくしの心を込めて弾きまする。お聴き下さいませ〃と、その目が語りかけていた。

その後、琴の前に進んで座し、環を再度見遣った。軽く会釈をした後、両手が琴に掛かり、弾き始めた。

琴の音が、再び物音一つしない屋敷内に響き渡った。

間近に響く音の迫力は相当なもので、聴く者を圧倒し、一生懸命に力強く弾く晴の姿に惚れ惚れと見入りながら、環は大いに感動して、このように自分のことを大事に思い、慰めてくれる晴への想いを、弥が上にも募らせた。

曲は、力強く響いたものの、全体に穏やかで心地よいものだった。

弾き終えた後、晴は環の側に戻って座し、

「先ほどのと此度の曲は、わたくしの好きな曲にございまする。今日という〝この日〟のために、秘かに心積もりをしていたものにございまする」

と言って、晴は懸命な面持ちで環を見つめた。

環がそれに応えて、晴の肩に手をかけ抱き寄せると、晴はぐっと身を寄せて、体を預けてきた。晴の周りの心地よい香りが、その体に乗って辺りに漂った。

環が着物姿の晴を強く抱き上げると、晴は更に身を寄せてその豊満な体を預け、顔を上げて環に見入った。

二人は、芳香が漂う中で抱き合い、唇を吸い合った。

（十七）登城

幕臣・澤田環の初登城の日がやって来た。

裃（かみしも）は、何とも窮屈なものだったが、晴が一生懸命着付けてくれた。裃には澤田家の家紋〝折れ菖蒲〟が付いていた。

晴に見送られながら、環は登城した。煎じ薬の道具一式を入れた木箱は風呂敷で包み、供の者に持たせた。本当はその中身を余人に知られないよう、自分で運びたかったのだが、

「武士は、その手に風呂敷包み一つ持ってはならない」

と教えられていたので、

「武士とはなんと窮屈なものなのだろう」

と思いながら、その習いに従ったのである。

晴は嬉しかった。自分の婿殿が、自分の家伝来の家紋を付けた出で立ちで、出仕したのだ。

これからの環との二人での暮らしへの期待で、晴の心は満ち溢れた。

環は城中に入った。朋輩となるであろう人々と軽く挨拶をしながら、案内されて奥まった部屋に入った。さほど広くはなく、秀忠が私用に使う部屋との由であった。

環は、案内の者に持ち運ばせた包みを開けて、煎じ道具一式を取り出し、早速作業に取りかかった。

煎じ薬の香りが漂い始めた頃、秀忠が入って来た。既に堂々たる風格を備えていた。

環のこの振る舞いは、異例であった。

通常の場合、このような茶の類は、別室で準備され碗に入れて、近侍の者が供される人の居る離れた部屋へ運び、供された後に運び戻される。

しかし、此度の作業は、厳に余人に知られてはならぬことから、全てこの一部屋の中で行うのである。

この設いの中では、余人の疑念は及ぶべくもない。全て忠勝の差配であった。

治療は、秀忠が部屋に足を踏み入れた時から始まる。その一挙手一投足を観察するのである。

煎じ上がった薬を少しだけ碗に移して、秀忠の前に置いて言った。

「少しずつ、間をあけながら、ゆっくりお飲みください。強い薬にございますれば、一度に全部飲んではなりませぬ。かえって体を壊してしまうのでございます」

秀忠は頷いて、ゆっくり飲んだ。

「苦いな」

「左様でございます。〝良薬は口に苦し〟と申しまするが、暫くすれば口の中の苦味は薄れ、甘い芳香に変わります。それも程なく消えた頃に、次を飲むのでございます」

「時間がかかるな」

「左様でございます。しかし、御多用と雖も、これを怠ってはなりませぬ。御身のため、そしてお家のためでございます」

　秀忠は、

「んっ」

　と呟いて、改めて環を見つめた。

〝この者の言葉には心が籠っておる。この者は儂の味方じゃ〟と強く心に留めた。秀忠と環とが、強い信頼の絆（きずな）で結ばれた瞬間であった。

　程なく、その日の分を飲み終えた秀忠は、足早に立ち去った。

　既に多忙な日々を送っている秀忠にとって、この一時は僅かながらも体を休める良い機会となり、生活の習慣として定着した。このことが、長い間無理なく治療を進める上で、幸いしたのであった。

　環は作業の一切を終えて、持参した道具一式を風呂敷に包み込んで、部屋から持ち出させた。道具はその都度持ち込み、持ち出して、部屋には何の痕跡も残さないのである。

　環が屋敷に戻ると、晴が目を輝かせながら足早に出迎えた。

　晴は正座して腰の物を受け取りながら、環を見上げ、じっと見つめた。

〝如何でしたか？〟と問いかけるように。

環は、晴を見遣って、

〝うむ〟と頷き返す面持ちのまま、何も発することなく部屋に向かった。

晴は、

〝お役目は、何事もなく済んだのだ〟と思い、安堵しながら黙って後に従った。

本当は、環を抱きしめて、疲れたであろう体と心を慰めたかったのだが、初登城から戻ったところであったことから、思うだけにとどめたのだった。

その晩、簡素ながら、祝いの膳が設えられた。

環は、晴の心尽くしに感動し、晴を愛おしく思った。

（十八）姿見

その夜。環は寝間に入って夜具に横たわった。行灯の灯りが、いつになく明る過ぎるほどに明るく部屋を照らしていた。

明かり障子が開いて、心地よい香りを漂わせながら、薄い寝衣に包まれた晴が入って来た。なかなか傍に来ないので、環は身を起こした。

立ったまま環をじっと見つめていた晴は、腰紐をすっと解いて寝衣を肩越しに脱ぎ下ろし、はらりと足元に落とした。そこには晴の豊満な肉体が、一糸まとわぬ姿で曝け出されていた。

環は、これまで晴とその寝姿で睦み合ってきたので、その裸身を立ち姿で見ることはなかったのだ。

今、改めて目の前に立つ晴の、その見事な裸体は、息を飲むばかりであった。

晴が、上向いて頭を軽く振り、長い髪を整える仕種をすると、双の乳房が艶めかしいばかりに揺れ動いた。

環は思わず、

「晴っ！」

と叫んだ。

晴もそれに応えて、

「あなた様っ！」

と叫び、年頃になって以来、〝婿殿にこの自慢の肉体を、この立ち姿で見てもらいたい〟と長い間秘かに待ち望んでいた〝この時〟が、遂に来たのだ、との万感が胸に迫り、自分を見つめている環を懸命に見遣りながら、高まる感動に堪えきれず、涙ながらに声を上げた。

「わたくしを……見て下さいませ！　晴を、見て下さいませっ！」

「うむ」

「晴は、……あなた様のものにございまするっ！」

晴は、最後には涙しながら、身を震わせて叫んだ。その度に、晴の豊かな乳房が激しく揺れた。

環は、晴の愛おしいばかりの叫びに応えて、立ち上がって晴に近寄り、両の手で晴の豊満な双の乳房を掴んだ。

晴は、

「あっ」

と叫び、のけ反った。

そのまま乳房を揉みしだくと、晴は、

「ああっ！」

と叫びながら、両足を開いて踏ん張り、のけ反りながら、乳房を激しく弄ばれるがままに身を委ねた。

晴がふと気が付くと、環は晴の背後に回り込み、晴の腰を支えながら抱き寄せた。

足を開いて中腰になった晴は、

〝これから、どうされるのだろう？〟と怯えながら、前屈みになった身を起こそうとして顔を上げた。その瞬間、

「あっ」

と叫んで、身を強ばらせた。

「誰かが見ておりまするっ！」

晴は咄嗟に股間を閉じて、身を隠そうとした。しかし、背後から腰を強く抱き締められていて、全く身動きできない。

〝どうしよう？〟と慌てふためき、環の方を振り返ろうとしたが、環は晴の腰を抱きかかえたまま、全く驚く気配を見せず、じっとしているだけであった。

晴は、人影の見えた辺りに恐る恐る目をやった。その瞬間、

「ひっ」

と悲鳴を上げた。そこに、自分の姿を見たのであった。自分が鏡に映っていたのだ。

それは、晴の姿見であった。いつの間に持ち込んだのだろう？　晴の誕生日に父が買い

求めてくれたものであった。南蛮の渡来品で、晴の全身が映るほどの大きいものであった。

その前で晴が着付けをしていると、父が嬉しそうに見ていたのを覚えていた。

晴は、母を早くに亡くしていたので、出かける際の着付けは、お付きの侍女にやってもらっていた。しかし、この姿見が来てからは、自分でやるようになった。

そんなある時、外出から帰って着物を脱いでいた時、腰巻の紐を結び直す手が縺れて、腰巻を取り落としてしまった。

「はっ」

として、股を閉じながら屈み込もうとして、ふと姿見に目を遣ると、自分の腰回りが大きく映っていた。股間の繁みもはっきりと。

「これがわたくしの……」

と、初めて眺める自分の裸身に見入ってしまった。

姿見から少し離れてみた。すると、そこに自分の全身が映った。それを見遣りながら襦袢を脱ぎ落すと、胸が現れ、自分の肉体が全裸で曝け出されて、姿見一杯に大きく映っていた。

晴は、まじまじと、立ち姿の自分の裸を眺めた。

晴はそれまで、自分の体を見るのは何となく気恥ずかしく、風呂に入ってもそそくさと洗うだけであった。

年頃になって、股間に繁みが現れ、胸が膨らみ始めると、

「これからどうなっていくのだろう」

と、自ら困惑した。

そのうち、胸がぐんぐん張り出してくると、女としての自分を感じるようになり、まだ知ることのない男女の世界を秘かに夢見るようになった。

しかし、稽古事の仲間との世間話の中で、男女の触れ合いや閨房（けいぼう）の営みなどの話になると、何とも身の置き所に困った。

「皆、よく知っているものだ。どうして知っているのだろう？」

と思いながら、

「自分は、この辺りのことについて奥手なのだ」

と感じていた。

晴はこの後、誰も居ない時を見計らって姿見の前で裸になり、全裸になった自分を映して、

「綺麗な体だ」

と、自ら惚れ惚れと自分の肉体に眺め入り、秘かに自慢に思うようになった。

晴は一人娘である。いずれ婿を迎えることになるのは分かっており、覚悟をしていた。

「いい婿殿だといいのだけれど」

と思いながら。

「そうだ、この綺麗な体は婿殿のものだ」

と気付き、

「この素晴らしい自慢の裸体を、婿殿のために大事にしなくては」

と決心した。

「婿殿に可愛がってもらえるように」

晴は、その後は、自分の豊満な肉体を着衣で丁寧に包み隠し、外からはそれと窺（うかが）えないようにした。しかし、豊かな胸の膨らみと、嫋（たお）やかな尻の張りを覆い隠すことはできなかった。

女子が性に目覚めるのは、いつ頃のことなのだろう？


晴は、覚悟を決めて姿見の方を見遣った。

姿見の中の、恥ずかしい格好をした自分が、こちらを見ている。

晴は、腰を更に強く引き寄せられて、姿見の中の自分に見られながら、背後から股間を割られ、環と結ばれた。

晴は、姿見の中の自分と見つめ合いながら、

「ああーっ」

と叫び、身動きできない中で悶（もだ）えると、その度に姿見の中の双つの豊かな乳房が大きく揺れた。

晴は、この全裸の立ち姿こそ、

「長い間秘かに思い描いていた、自分のあられもない姿だ」

と悟り、姿見の中の自分が見ている前でその痴態を余す所なく環に曝している歓びに満ち溢れた。

その歓喜の中で、晴は思った。

〝この恥ずかしい姿を父が見たら、なんと思うだろう？　でもいいのだ。このように虐められながらも、可愛がってもらっているのだから〟と。

晴は、遂にその自分に見られながら結ばれている倒錯の歓びに堪えきれず、姿見の中の自分とともに、のけ反り、果てた。

（十九）異空間

春斎が三州へ戻った時、環斎は既に江戸表へ出立していた。将軍家は、しきりに事を急いでいたのである。

薬草は、環斎が方斎の手元に残っていたものから差し当たり必要な分を持参したので、当面は大丈夫であったが、環斎の婚姻の儀が終わり、新しい生活も落ち着いたところを見計らって、春斎は、向こう一年分の薬草を大事に背負って、江戸表へ出立した。

江戸への旅は、甲州への旅に劣らずの長旅である。春斎にとって江戸へ赴くのは初めてで、〝大事な役割を担っているのだ〟と気を引き締めながらも、〝江戸とはどのような所であろうか〟と、楽しみも禁じ得なかった。

そして春斎には、薬草を届けるという役割の他に、もう一つ、人知れぬ役割があった。それは、方斎による指示であった。

方斎は、環を入り婿に出すに際して、武家として新たな世界に早く慣れて、成長することを願う一方で、医の心を忘れぬことを望んでいた。

〝秀忠の病は、この薬草の強い薬効により、必ずや治癒するであろう。環は、それを正しく処方するに十分な術を心得ている〟

と方斎は確信しており、何の懸念もなかった。

それは環の真の、ただし余人に対しては裏となる役割である。

それに対し、表向きの役割は、武家としての公務である。

婿入り後、旗本としての公務にも慣れ、秀忠の治療が進み、先の見通しが立った時を見計らって、当主の善務は隠居し、家督を環に譲ることとしていたので、その後は善務の担っていた幕府内の重職を引き継いだ武家としての役回りになり、医の心は希薄になっていくであろう。

しかし、医の心は、環のそれまでの人間形成の根幹であったはずであるから、〝その心は維持し続けることが望ましい〟と方斎は思っていたのである。

そこで方斎は、春斎が環を訪ねた折に、暫く逗留して、

「世間話の中で、環の心に、医の心を呼び醒ましてくれ」

と頼んだのである。

「なに、難しく考えることはない。〝こんなことがあった〟というふうに、最近の治療の珍しい例や、目新しい生薬のことなどを雑談の中で話してやれば、それで十分なのだ。環は、それを興味を持って聞き、なにがしかは心に残すであろう。それだけで良いのだ。環にとって、新しい医の術を学び取る必要は、もはやないのだから」

「分かりました。環斎殿は、幼かった頃から儂の話をよく聴いてくれます。いろいろ楽しみながら話は尽きぬことでしょう。

それにしても、武家としての新しい生活は如何なものなのでしょう？」

春斎が、長旅を経て江戸に着くと、環夫婦が立派な屋敷の門前に出て、温かく出迎えてくれた。

春斎は、環が既にすっかり貫禄十分な武家の姿をしていることに驚き、感心した。〝こうも変わるものか〟と。

春斎が座敷に通され、座していると、晴が茶を運んで入って来た。一通りの挨拶を交わして、晴は茶を供して、部屋を出て行った。

まずは互いの近況などの話が弾んだ後、早速に今度の用向きの話となった。

春斎が、持ち運んだ薬草を広げると、

「うむ、これだけあれば一年分として十分。これで安心です」

「それで、治療の進み具合は？」

「順調に進んでいます。既に薬効が現れ始めており、十分な手応えです。この塩梅でいけば、半年もかからぬうちに、病の進行を止められる見通しも立つでありましょう」

と、医者同士の核心に迫った話となった。

春斎は、環の話に聞き入りながら、その治療の迫力に圧倒され、

〝自分はまだまだ修業が足りぬ〟と痛感し、〝環と共にこの治療に当たって、自分を鍛えねば〟とさえ思う心を禁じ得なかった。

〝環の今度の役割は、医の術を施すことに於いて、一筋縄ではいかぬ、困難を伴う大変に難易度の高いものだ〟と改めて感じたのである。

しかし、すぐに思い直した。

〝一年ごとに環の許を訪れて、治療の推移を聞き取れるのは、何よりの修業になる〟と確信し、楽しみに転ずるのを覚えた。


ひとしきり医者同士の話が終わったところに、晴が入って来た。

「難しいお話は、お済みになりましたの？」

と言って、晴は茶を新たに供して、環の側に控えた。

茶を飲みながら、晴を交えて、更にいろいろ話が弾んだ。

暫くして晴は、

「あちらの部屋に夕餉の支度が出来ております」

と言って、先に立って春斎を案内した。

春斎は、心尽くしの江戸前の馳走（ちそう）を楽しんだ。

〝田舎では、なかなか食べられないな〟と思いながら。

春斎の疲れた体に、江戸の味が、その五臓六腑（ごぞうろっぷ）に浸み込んだ。


翌日、環は、自分は登城が欠かせないので、

「町を見物してみるといい」

と春斎に奨めた。晴が、

「わたくしがご案内いたしましょう」

と言ってくれたが、春斎は、

「そこら辺を少し歩いてみるだけだから」

と言って、一人で出かけることにした。

〝武家の妻女が下町界隈（かいわい）へ行くのは、難儀なことではないか〟と思ったのだ。侍女が、或いは更に警護の者も付き従うのではなかろうか？　と。

晴が渡してくれた絵地図で、大体の道筋は分かった。

春斎が屋敷を出て、改めて左右を見回すと、道幅が広いのに驚いた。荷車が七、八台は楽に行き交うことができるほどの広さがあった。

その広い道が、ずっと真っ直ぐに、果てしないほどに長く続いており、その両側には大名・武家屋敷が立ち並んでいた。いずれも広壮な構えで、威厳を感じさせていた。

左手先に見える四辻（よつつじ）の所まで行ってみた。そこで左右を見渡すと、同じように広い道が遠くまで長く続いており、屋敷が軒を連ねていた。

ふと気が付くと、全くどこにも人影は見えない。人影どころか、立ち並ぶ屋敷越しに見えるのは、ただ青い空のみで、近くの木立、遠くの山並みなど、見えるものは何もない。物音も何ひとつ聞こえない。昼間だというのに、ただただ森閑としている。

この広大な屋敷町は、ただそれのみがそこにあって、広い空の下に人っ子一人おらず、物音一つせずに、静まり返っていた。

田舎者にとって、ここは異次元の世界であった。大きい江戸の町の真っただ中に、このように周囲から隔絶された広大な異空間が、道と屋敷があるだけで、何の物音もせず、人の気配も全くないままに、この青く広い空の下に果てしなく広がっていた。

春斎の頭の中は、暫し整理がつかなかった。その異空間の中に、何故か自分だけが、ぽつんと一人で立っているのだ。

その異空間で、我が身の孤独を感じながら、何かしらに怯えて、今にも何かが起こるのではないか？　と恐れ、それでも自分が何かに誘惑され、引き込まれそうになるのを期待しながらも、そこから逃げ出そうとしている奇妙な自分を覚えて、立ち竦(すく)んだ。

春斎は、言葉もなくこの不思議な空間に身を委ねて眺め遣っていたが、

「はっ」

と我に返り、この異空間から逃れるべく取って返して、下町の方へ向かって歩を戻した。

環の屋敷の前を通り過ぎて暫く行くと坂道となり、下の方に下町らしき家並みが見えてきた。

大名・武家屋敷は、小高い丘の上に広がっていたのである。

江戸はそもそも、荒川の岸辺を除いて入り江が複雑に入り込み、山・谷の起伏の多い土

地である。

家康が、秀吉の命により江戸に封ぜられて以来、普請を続けてきたが、関ヶ原の合戦に勝利した後、家康が徳川政権の永続のための施策として、世継ぎの問題、上方・西国の掌握とともに、三本の矢の一つとして腐心したのが江戸の町造りで、急ぎ普請が行われ、町の整備が進んだ。

それは、山を崩して入り江を埋め、丘を削って谷を均(なら)すという極めて大規模なものであった。

その普請は、一門・譜代だけでなく、加藤清正・細川忠興・前田利長・伊達政宗といった外様大名にその役を課し、その財の費消を目論んだのである。

その普請の際、高台には大名・武家屋敷、その裾回りに町家を配したのである。広壮な江戸城を取り囲んで、幅広に屋敷町が、その屋敷町の外側を取り囲んで、広く下町が造られたのだ。

その区分けは整然としており、極めて計画的に行われた。この点で江戸は、武家と町人の大体の住み分け区分はあったもののない交ぜになっていることも多い昔からの城下町とは、異なるところがあった。

それは、普請によって新たに用意された土地なればこそ、可能だったのである。

この明確な区分けは、後に明暦の大火により江戸の町が壊滅的な被害を受けるまではそのまま存続し、屋敷町と下町がない交ぜになることはなかった。

しかして、春斎が感じ取った通り、確かに大名・武家の屋敷町は、その周りからは隔絶された、特殊な区域であったのである。

春斎が、屋敷町の広く長い坂道を下り終えて四辻に至ると、左右に伸びる道一つ隔てた向こう側には下町が広がり、道には大勢の人々が往来していた。

その道は、屋敷町のそれに比べれば小幅ながら十分に広々として、碁盤の目のように整然と配置されており、その両側には数多の店が櫛比していた。

田舎者にとって、そこは屋敷町とは趣を異にする、また別の異空間といってよかった。

春斎は、目を瞠りながら雑踏の中を進んだが、目が眩むようであった。

「これが、思い描いていた江戸の町だ」

と思いながら、ひとしきり歩き回った後、一休みのために茶屋に入った。

腰掛台から、道行く人々を眺めていると、まさにいろいろな人々が行き交っていた。

「この人々は、一体どこから来たのだろう？」

途切れることのない賑わいに、そう思わざるを得ない春斎であった。

（二十）本能

江戸は新しい町である。

大名・武家が屋敷を構え、国元より江戸詰めとなって公務に就く配下の者達の数は大層なものだが、一方、町人は、幕府の命令・勧奨により移り住む者も少なからずいるが、その多くは皆郷里を離れて、この新天地へやって来たに違いないのだ。

広く普請が始まれば、職人が集まる。すると、彼らの衣・食・住を満たすために、呉服屋・料理屋・宿屋など、いろいろな店が出来、連鎖的に人が集まって、町は大きくなる。

彼らは物見遊山に来るのではない、生活をするためである。手に技を持つ者や元手がある者はよいが、裸一貫で来る者も多いだろう。日々の糧を得ねばならないから、店を開くにしても不安もあるだろう……。

春斎は、あれこれと思いを巡らしながら、

〝これらの人々は、実に勇気のある人々だ〟と、つくづく思った。

〝自分だったら、このように覚悟をして新天地へ出て来ることができるであろうか〟

と思うのだ。

「お待たせしました」

店の女が、注文した串団子と茶を運んできた。

春斎は我に返り、

「これこれ」

と、江戸の庶民の味を楽しんだ。


春斎は、茶を飲みながら、道行く人々を引き続き眺めているうちに、

〝自分も、この中の一人ではないか〟

と気付き、自分が今、この遠い江戸にいることに思いを返した。

春斎は、考えを巡らせた。薬草探しのことである。

方斎先生からは、

〝奈良の宮大工の心を救えなかった〟

との悔恨にその源があると聞いていたが、更に思えば、

〝医の術の質を高めたい〟

との人一倍強い思いから、

〝「顕著な薬効がある」というこの薬草を探し出そう〟

と挑戦したのではなかったろうか？

人間は生き物である。生き物の行動の根源は、自分が属する種の保存・繁栄である。

その本能に衝動されて、より良い環境を求めて果敢に動く。未知のものへの挑戦を厭（いと）わ

ず、その本能の赴くところに従って行動するものだ。

ただし、人間は考えることのできる生き物である。その本能には重石が必要であり、それなくしては我が身が破滅することを知っている。

方斎先生も、その生き物としての本能による衝動に従って薬草探しに挑戦し、成功した。その時の重石は、〝人のため、世の中のため〟ということであったに違いない。

方斎先生のその果敢な行動なくしては、この薬草を見つけ出すことはできなかった。さもなければ、この薬草は、顕著な薬効を持ちながらも、あの山奥に人に知られることなくひっそりとただ咲き、生き続けているだけだったろう。

そして、秀忠殿の治療に使うこともできなかった。

これまでの生薬では、秀忠殿の病を治すことはできない。或いはできるとしても、かなりの長期間を要するであろう。

今度の話の具合では、家康殿は事を急いでおり、差し当たりの半年でも長過ぎる模様であったから、この薬草があってはじめて今回の件は成り立つのだ。

もし、方斎先生が薬草を探そうという気を起こさなかったら、或いは見つけられぬまま諦めていたら、此度の件はなかったであろう。そして、自分が今、こうしてこの江戸にいることはなかったのだ。

人間は、それと気付かない中で、本能に率直に従って行動しなければ、生き残り、子孫を残すための果実は得られないのだ。

ただし、その果実は決して目的ではなく、行動の単なる副産物に過ぎないのだが。

今、この目の前を行き交う人々も、まさに本能に従って行動しているのだ。その副産物としての今、そして近い将来の果実を求めて。

ただし、〝人のため、世の中のため〟という重石を持たないで行動する人は、悪人であり、地獄に落ちることとなる。

自分は、悪人ではあるまいな？

春斎は、こんなことを考え続けるうちに、ふと疲労感を覚え、

「些(いささ)か考えを巡らし過ぎた」

と後悔した。

しかし、串団子の残った最後の一つを頬張ると、その程良い甘味で元気が戻った。

道の方を改めて見遣ると、目の前を行き交う人々は、そして町は活気に満ちている。

江戸の町、そして家康の目指す落ち着いた世の中が、ますます確かなものになっていくであろうことを感じさせた。

「さて、自分の草深い田舎は、どうなっていくのだろう？」

春斎は一週間逗留し、帰途に就いた。

「また来て下され。そして、いろいろ話を聞かせて下され」

と環は名残惜しく言って、晴と共に見送った。

江戸の町造りは、ようやく一段落したに過ぎず、下町は、その外側に更に幅広く取り囲むように普請が行われ続けているとのことで、その発展はとどまることを知らぬようであった。

「一年経ったら、どんな町になっているのだろう？」

春斎の楽しみが増えた。

（二十一）叡智

その後、半年が経とうとしていた頃、環に忠勝から、

「城内で待て」

との沙汰があった。

その日、環はいつも通りの秀忠の治療を終え、道具を片付けて、その部屋で忠勝を待った。

半時ほど経っても未だ現れない。引き続き待った。すると、程なく廊下を踏み鳴らす音とともに、忠勝が入って来た。

「待たせたな」

と言って、どっかと座った。

環が治療の現況を説明すると、安堵の表情を浮かべながら、

「相分かった。殿に知らせる故、追って沙汰を待て」

そう言い置いて、足早に立ち去った。

「忙しいお方だ」

と、環は感じ入った。

数日後に沙汰があり、家康に謁見となった。

その日、環は出かける前に、

「今日は上様に謁見する故、帰りは遅くなるやも知れぬ」

と晴に告げた。帰りが遅いのを心配すると困ると思ったのだ。

「左様にございまするか」

と答えて、晴は緊張した。晴は旗本の娘である。〝直参旗本と雖も、家康に謁見するのは普通のことではない〟ということを承知していたのである。

環は登城し、案内されて部屋に入った。先に謁見した時と同じ部屋であった。前回の時と同じく一通りの所作の後、家康・忠勝・環の密やかな鼎談となった。

「秀忠の治療の具合はどうじゃ？」

「ははっ、見込み以上に良い方向に進んでおりまする。

病の進みは、既に山を越え、緩やかになっておりまする。このまま治療を続ければ、早ければ三か月、遅くとも六か月以内に、病が嵩ずるのは止まりましょう。その後は、これまでに溜まった病を、数年かけて治療するのでござります。

いずれにせよ、山は越え、先の見通しも立ちましたので、ご懸念はご無用にございまする」

「相分かった。これで秀忠を跡目とすること、本決まりじゃ。良いな、忠勝！」

「ははっ、畏まってござる」

と言って、忠勝はいつになく深々と平伏した。

環も慌てて同様に平伏しながら、

〝忠勝殿も、今初めてこの決定を聞いたのだ〟と思った。

〝良いな〟とは、同意を促したのではない。〝この決定に従い、直ちに然るべき作業に取りかかれ〟と命令したのである。

環は付け加えた。

「このように見込み以上の効が得られたのは、この半年の間、欠かさず治療を続けられたことによると思案する次第にございまする。一回たりとも欠かすことがあれば、今の見通しまでには至らなかったでありましょう。

これには、上様の格別の心配りがあったものと存ずる次第にございまする」

家康は、その言葉に、

「おっ」

として、改めて環をじっと見つめた。

その通りであったのである。

その頃、家康は伏見に赴き、上方・西国への対応に当たることも多い中で、江戸のこともあり、家康・秀忠ともに伏見・江戸間の往来も必要であった。

そのような中で、半年は長かった。長すぎるほどである。しかし家康は、この〝秀忠のための半年〟を優先させたのだ。秀忠の伏見入りを控えさせ、どうしてもという時には、自分が江戸に戻ったのだ。

家康は、環を見遣りながら、

〝この者は、ただ者ではない。このような者こそ、儂は必要としているのだ〟と思った。

家康が忠勝を見遣ると、忠勝は、家康と目を合わせながら頷いた。家康が何を思ったのかが分かっていたのである。家康・忠勝と環との間の信頼の絆が、一層強まった瞬間であった。

〝ここに至るまでの一連の動きには、家康殿の叡智があったのだ〟と、環は思った。

〝叡智〟とは、思考の及ばぬところにある。例えば、多くの選択肢がある場合、甲・乙までは思考により絞り込めるが、〝甲・乙のいずれが正しいか〟については、思考は及ばない。正しくは、叡智は、殊更選択肢を前に思考するまでもなく、その都度、自ずと働くのである。

叡智の持ち主を〝賢人〟と呼ぶならば、世の中は賢人によって支えられているのだ。

ただし、賢人がその叡智によって選んだ甲が正しかったかどうかは、他の者には、その直後は分からない、後日になって初めて分かるのだ。

賢人は、その才をひけらかさない。その判断を自慢することもない。

〝叡智〟〝賢人〟とは、そういうものなのである。

しかし、凡人とて悲観することはない。切磋琢磨すれば、賢人に近づくことはできるのだ。

家康は賢人であった。若い頃の恩を忘れなかった。これが此度の叡智の発現の始まりであった。

そして後年、恩人に礼を言った。それも叡智のなせるところであった。

その時は、後に秀忠の治療を頼むことになるとは思考していなかったであろうから。

環は、改めて賢人・家康の叡智に、深く感じ入った。

一時置いて家康は、その緊張した面立ちを緩めて、環に言った。

「環、江戸の暮らしはどうじゃ」

「ははっ、大分慣れましてございまする。街は賑わいを増し、家屋や道の普請も盛んで、江戸の発展ぶりには驚くばかりにございまする」

「嫁御の方はどうじゃ」

「ははっ、良き妻女にございまする。勝手の分からぬ某（それがし）に、何くれとなく手助けしてくれ、出仕にも差し障りはございませぬ」

「それは重畳、大事にせよ」

忠勝は思った。

〝最近の殿が、配下の者の暮らしぶりに話を及ぼすのは珍しいことだ。これも、今日の集まりが子息の秀忠公の件であったので、家族の暮らしぶりに思いを馳せたのであろう。

殿はかねてより、このように心根の優しいお方なのだ〟

家康が、跡目を秀忠に決めるに至るまでには、様々な苦難があった。長子・信康は、言行暴戻(ぼうれい)で人品は今一つのところもあったが、剛勇であり、信康を世継ぎとすることに異論が生ずることはなかった。家康が信康の後に儲けた次子達は、遥かに幼かったのである。

家康は、折を得ては信康を連れ回り、行動を共にして育て上げた。

信康は、長じて信長の娘と婚姻したが、そこで思わぬ事態が出来した。信康にあらぬ謀反の嫌疑がかけられ、それを耳にした信長は激怒した。信長は厳しい人であった。

家康は、

「信康はそんな策謀をする人間ではない。それも儂に知らせもせずに」

と、なんとか助けたいと老臣・酒井忠次を遣わして弁疏(べんそ)せしめたが、事態は既にのっぴきならぬ段階に至っていた。

そして遂に、家康は信康を助けることができなかったのである。

その最期を報告された家康は、泣いた。

「徳川・松平の家を守るためとはいえ、自分は一体何をしたのか」

と悲嘆にくれた。

家康は、関ヶ原の合戦に勝利すると、直ちに政権の確立と継続のために為すべきことを策定した。

その一つが世継ぎである。秀吉の例を挙げるまでもなく、内を固める要である。

家康は、信康亡き後、次子・秀康は既に他家を継いでいたこともあり、三子・秀忠を念頭に置いていた。秀忠は決して凡庸ではない。その資質は世継ぎとして十分なものと認めていた。

しかし、秀忠率いる徳川軍の本隊が、この合戦の開始に遅れてしまったことなどから、諸将の間で秀忠の器量を疑う動きが起こっていた。

家康は、暫しほとぼりが冷めるのを待った。

その後暫くして、重臣達に、

「世継ぎには誰が適当か」

と投げかけ、意見させた。忠勝もその中にいた。

それぞれがそれぞれに意見した。曰く、

「知略武勇に優れた秀康殿を」

「文武兼備し、謙遜恭倹の徳を身に付けた秀忠殿を」

「四子・忠吉殿を」

家康は、その時は、

「秀忠が適当であろう」

と言い置くにとどめた。

これは、家康の深慮であった。

自分が一方的に言明したのでは、異論を持つ者に不満が残り、軋轢が生ずることとなる。皆が意見を取り交わした後であれば、自分の意見が通らなくても結論には従うこととなり、それを実行することに責任を抱かせることとなるのだ。

かくして、その後、いよいよ正式に宣言しようとしていた矢先に、秀忠に病の懸念が出来したのであった。

そのような紆余曲折を経て、ようやく今日、正式決定の運びとなったのである。

環は嬉しかった。家康は待ってくれたのだ。

渦中に身を置いてみると、家康が世継ぎの件を急いでいるのがよく分かった。しかし方斎とも、医の者として中途半端なことをしてはならぬ。半年は必要であったのである。凡庸な者ならば、急ぐあまり見切り発車をしたやもしれぬ。しかし、家康は非凡であった。

「為すべきことはすぐにやる。しかし、待つべきは待つ」

家康殿は、これまでの長い間、このように身を処してきたのであろうと、環は改めて思った。

環は帰宅の途に就きながら、ふと気が付いた。

料金受取人払郵便

新宿局承認

7552

差出有効期間
2024年1月
31日まで
（切手不要）

郵便はがき

1 6 0-8 7 9 1

1 4 1

東京都新宿区新宿1－10－1

（株）文芸社

愛読者カード係 行

ふりがな お名前		明治 大正 昭和 平成 年生 歳
ふりがな ご住所	□□□-□□□□	性別 男・女
お電話 番 号	（書籍ご注文の際に必要です）	ご職業
E-mail		

ご購読雑誌（複数可）	ご購読新聞 新聞

最近読んでおもしろかった本や今後、とりあげてほしいテーマをお教えください。

ご自分の研究成果や経験、お考え等を出版してみたいというお気持ちはありますか。

ある　ない　内容・テーマ（　）

現在完成した作品をお持ちですか。

ある　ない　ジャンル・原稿量（　）

書　名				
お買上 書　店	都道 府県	市区 郡	書店名	書店
			ご購入日	年　　月　　日

本書をどこでお知りになりましたか?
1.書店店頭　2.知人にすすめられて　3.インターネット(サイト名　　　　　)
4.DMハガキ　5.広告、記事を見て(新聞、雑誌名　　　　　)

上の質問に関連して、ご購入の決め手となったのは?
1.タイトル　2.著者　3.内容　4.カバーデザイン　5.帯
その他ご自由にお書きください。
(　　　　　　　　　　　　　　　　　　)

本書についてのご意見、ご感想をお聞かせください。
①内容について

②カバー、タイトル、帯について

弊社Webサイトからもご意見、ご感想をお寄せいただけます。

ご協力ありがとうございました。
※お寄せいただいたご意見、ご感想は新聞広告等で匿名にて使わせていただくことがあります。
※お客様の個人情報は、小社からの連絡のみに使用します。社外に提供することは一切ありません。

■書籍のご注文は、お近くの書店または、ブックサービス(0120-29-9625)、セブンネットショッピング(http://7net.omni7.jp/)にお申し込み下さい。

「忠勝殿の仲立ちがあったとはいいながら、晴を妻にしたのは、儂の叡智なのかも。父の命とはいいながら、儂を夫に迎えたのは、晴の叡智なのかも？」と。

しかし、それは後になってみないと分からない！


環がいつもより少し遅く帰宅すると、晴が待ち構えていたかの如くに足早に迎え出た。

晴は気を落ち着かせながら、環の顔をじっと見つめた。

〝謁見は如何でしたか？〟と問いかける眼差しであった。

しかし環は、そのまま黙って部屋へ向かった。

晴は何も言わず、後に付いて歩を進めた。環は、そんな晴を愛おしく思った。

着替えの手伝いを終えて、部屋を出て行こうと身を返す晴を、環がその肩を捉えて引き寄せると、晴はびっくりした様子を見せたが、すぐに自ら身を寄せて抱き付き、環をじっと見上げた。

環は、晴をぐっと強く抱きしめ、その愛らしい唇を吸った。晴の豊かな乳房の膨らみを感じた。

（二十二）俄か長子

それから半年経った頃、遂に秀忠は征夷大将軍となった。

家康は駿府に移って、大御所として引き続き、上方・西国方面を中心に実権を振るったが、秀忠は江戸にあって、関東一円を中心に将軍としての諸事を任されて、家康を補佐しながら諸政務に精勤し、その権威は、早や揺るぎないものとなった。

しかし、秀忠がここに至るまでには、人知れぬ苦難があった。

その始まりは、長兄・信康の死である。

秀忠は、自分が将軍になると思ったことはなかった。次兄もいた。凡そ兄たる者が父の後を継いで然るべしと思っていた。そもそも、そのような世継ぎのことなど意識したことがなかった。

弟にとって、兄とは不思議な存在である。

空気のようなものであろう。自分が生まれ出ずる前からそこに存在し、そこに居て当たり前なものなのだ。

自分が何か大層なことをしたつもりでも、所詮兄の物真似をして、その掌の中で動いているに過ぎないのだ。

たまに喧嘩をして打ち負かすことがあったとしても、後味の悪いものだ。兄というものは、強くなくてはならないのだ。

親は、何かにつけ兄を連れ回すが、弟はほったらかしだ。

食膳に兄の好まないものが出ると、兄は箸をつけない。すると親は、兄にはその好きなものを与えるが、弟には回ってこない。それでも弟は、不満を感じても文句はいわない。かといって、親は兄を甘やかすのではなく、むしろ厳しく当たるものだ。

遊び事をしている中で、兄がからかい半分ででも〝ずる〟をすると、それを見咎めた親は烈火の如くに怒り、襟元を掴んで家の外へ締め出すのだ。それを見た弟は、驚き慄いて〝兄を赦してやってくれ〟と、泣きながら親に懇願するのだ。

長子さえしっかり育てれば、次子達は長子の真似をしながら勝手に育つのだ。兄は弟にとって、傘のような存在なのだ。

それほど、兄というものは格別の存在なのだ。

その然るべき兄が突然いなくなり、兄という傘がなくなった事態となったのである。家康にとっても、後継問題は棚上げとなった。

秀忠は、長ずるまで、その事態を我が事として認識することはなかったのだが、次兄・秀康は他家を継いでいたことから、自分が後継ぎ問題の渦中にいることを悟った時、次弟・忠吉もいることながら覚悟を決めた。

「自分が父を助け、徳川・松平の家を守らなければ」と。

しかし、では実際に、どこでどう動けば良いのか、〝俄か長子〟となった秀忠には皆目分からなかった。

秀忠は戸惑った。身の処し方が全く分からなかったのである。挫折感に苛まれた。

このようなことは、家族の中の親から子供、長子から次子の間だけでなく、師匠から弟子、主人から従者をはじめ、人が生きる世の中のどのような集団の世界に於いても、同じであろう。

人間は、そもそも生き物の中でも火を使うことを知って以来、知恵が発達して脳髄が大きくなり、生まれた後も成長を続けるため、長ずるまで親が付いて育てなければ、子供は生きるに十分なところまで知恵が付かないのだ。

その時、親が然るべく志す方向で育てないと、そのようには育たないのだ。

親が長子を、幼い頃から長年にわたって〝長子として厳しく、ただし、優しさの中で育て上げる〟というのは、そういうことなのだ。

人は、〝育てられて育つ〟という生き物なのだ。

〝弟、或いは弟子は、兄、或いは師匠の真似をして育つ〟とはいいながら、それは外見だけにとどまり、志の根幹にまで立ち入って真似ることはできないのだ。

従って、〝俄か長子〟が戸惑うのは、至極当たり前のことで、本人に責はなく、改めて然るべき時間をかけて育てられ、或いは自らを育てなければならないこととなるのだ。

秀忠を悩ませたこのような心の戸惑いは、表の立ち居振る舞いに現れるものだ。諸将の間で秀忠の器量を疑う声が起こり、家康に意見する者も出てきた。秀忠は、人知れず苦悩した。

しかし家康は、そのような声にはこだわらず、秀忠に重要な役柄を与え続け、秀忠はそれに実直に対処した。

家康は秀忠を〝世継ぎとすべく、改めて「育てた」〟のである。

秀忠は、思いもかけぬ病の発症にも愕然とした。しかし、家康の勧めに従い、方斎・環を信頼して治療に専念し、今日に至ることができた。

秀忠は、自分が今日あるのは、父・家康、方斎と環、そして、自分に従ってくれた諸将達のお蔭と、改めて心に刻んだ。

(二十三) 祝宴

秀忠が将軍職に任ぜられて暫くして、澤田家は二千石の加増を受け、七千石の大身となった。

晴は嬉しかった。〝祝宴を設けねば〟と、張り切って腕捲りをした。

その姿を見た父・善務は苦笑した。〝この子には、こういったところがあるのだ〟と。

そして言った。

「このようなことは、派手にやるものではない。よく務めて、戴いた褒美である。謹んでお受けするにとどめよ。名誉を見せびらかしてはならぬ」

晴は、捲った袖を下ろした。少し膨れっ面をしながら。

しかし、

〝これまで、父が言ったことが間違ったことはなかった。環を迎えるに際しても〟

と環の顔が浮かんだ途端、膨れっ面は消え、晴れやかないつもの晴に戻った。

それにしても、当の環が一向に嬉しさを見せないのが、晴には不満だった。

しかし、すぐに晴は気が付いた。

「自分だけがはしゃいではならぬ」

祝宴は、婚姻の時と同様に簡素に行われ、晴も控えめに振る舞った。この時の処し方は、その後、澤田家内で伝承され、処世の基本となった。

その後、暫くして、善務は隠居を申し出て許され、環が当主となって、善務の重職を受け継いだ。

環は、改めて身の引き締まるのを覚えた。

晴は、〝これからは、自分の婿殿の環がこの家を盛り立ててくれるのだ〟と環を誇らしく思い、秘かに嬉しく思った。

実は、善務はそれより暫く前に隠居しようとしたのだが、加増の内示が聞こえてきたことから、環と晴が善務の代のうちに加増の栄誉を受けるように奨め、正式通達まで待ったのである。

その晩、家内だけのささやかな祝いの夕餉が設えられた。晴が控えめなものとなるように差配した。

祝いの膳も和やかな中に終わり、それぞれが自分の居室に移った。善務は、外廊下で繋がっている離れ屋で起居することになっていた。

環が居室で寛いでいると、琴の音が聞こえてきた。晴が奏でているのだった。

その音色は穏やかで、心休まるものであった。しかし、途中で変調し、晴れやかで心を躍らせる趣があった。更に変調すると、澄んだ心地よい響きを残して終わった。

晴が、数多の曲から、その日の善務と環の二人を同時に〝慰める〟のに相応しい曲を選んだのだろう。

〝義父上も、聞こえてくる琴の妙なる調べに、感慨をもって聴き入ったことであろう〟

と、環には思われた。

「晴の心配りは、なかなかのものだ」

と環は嬉しく思い、晴を心の中で褒め上げた。

（二十四）密書

その後暫くは、環と晴にとっては平穏な日々が続いた。

ところが、世の中は激しく動いていた。

家康は、上方・西国への対応に腐心していたが、探索方が、ある不穏な動きを察知した。

伊達政宗である。徳川の目が豊臣・西方へ向いている隙を突いて、打って出ようとしている構えが見えたのである。

政宗は嘗て、秀吉に恭順を示していながら謀反を企てた。しかし、事前に露見してしまい、それを知った秀吉は激怒して、政宗を死罪にすべく詰問した。

政宗は決死の覚悟で申し開きの場に臨み、奇想天外な策略をもって一死を免れたという強者である。

西方の情勢も決して安泰ではなかった。

東・西に挟まれては一大事である。家康は、秘かに討伐の準備万端を整え、まさに打って出ようとしていた。

その夜、忠勝は、居室で出兵・作戦の段取りをさらっていた。これは戦闘の前に必ず行っていることである。

将兵の布陣、戦闘の手順、敵方の動きへの対処など、起こり得る場面を予め想定して、どう対応するかを頭の中に叩き込むのである。一度戦闘が始まれば、考え込んでいる余裕はない。即座に動かなければならないからだ。

その時、近侍の者が慌ただしい足音を立ててやってきた。

「環殿がお見えでござる。〝夜分ながら火急の用件で殿にお目通りを〟と申されておりまする」

忠勝は驚いたが、ただごとではあるまいと通すように告げると、待ち構える間もなく、環が息を弾ませながら飛び込んで来た。

「どうした？」

「火急の件にござる。お人払いを」

忠勝が人払いをするや、環はずいっと忠勝に近寄り、懐中より一通の書状を取り出した。

忠勝がそれを受け取ろうとして手を伸ばすと、環は手でそれを制して、

「予めお願いの儀がござる。次の二点を固く約束していただきたく存ずる次第にござる。

一つは、この書状の事柄を、殿、そして大御所様止まりとし、余人には知らしめぬこと。

二つは、この書状の出所を、同じく余人には明かさぬこと、でござる。

もしこの二点が余人に知られるとなれば、この注進の提供者をはじめ、周りの者の身に危険が及ぶこと必定であるが故にござる」

と言って、環は忠勝をじっと見つめた。

忠勝は、その環の真剣な眼差しに、この書状の容易ならざる重みを予感した。

「相分かった。大御所様にも同じく伝え、約定を取り付ける故、左様に心得よ」

「されば、ご覧あれ」

と言って、書状を手渡した。

忠勝がそれを受け取って目を走らせるうちに、ただでさえ大きい忠勝の目が更に大きく見開いたまま、止まって動かなくなった。その内容の凄まじさに驚愕し、顔色が変わったのである。

「これは真（まこと）か！」

「真にございましょう。暫く前に月次の報告を一括お渡しした際、〝この事柄は注目を要する〟として、付箋を付けてお話ししたことがござったが、今となればそれが最初で、今回のものは後報といってよいものにござります」

「おっ、あれか！」

と声を上げて、忠勝は思い出した。その時は、さっと目を通して気を引かれるところがあったが、「追ってよく吟味しよう」として、そのまま失念してしまったのだ。その頃、忠勝は、近づきつつあった出陣の差配に多忙極まりなかったのである。

忠勝は、「ちっ」と舌を鳴らして、

「儂としたことが、なんということをしたのだ！　これは儂のしくじりだ」

と悟った。

その第一報は、全く具体的なものではなかったが、今回のものと脈絡をつけてみると、確かに今回の内容を示唆しているといってもよいと思われるものだった。

しかし、今や後悔などしている暇はない。直ちに家康に報告しなければならない。出陣は、まさに旦夕に迫っていたのである。

忠勝はすぐさま動いた。

「登城の先触れをせよ」

と命じた。〝先触れ〟とは、忠勝より一足先に急行して、家康に忠勝の登城を言上し、その許しを得て、忠勝の城内への通行に支障なきように整えるのである。

既に夜も深まり、城門は閉まっている。

「警護の者六名を呼び出し、供をさせよ」

警護の者が守るのは忠勝ではない。この書状である。この書状が余人に奪われることがあったら一大事である。

忠勝が登城の身繕いを整え終わる頃には、早や警護の者達が馳せ参じていた。

忠勝は、直ちに表門ではなく裏門から出て、駕籠(かご)はやめ、自らの足で、供の者達に守られながら一散に殿中へ向かった。それらの仕業は、周りに目立って余人に見咎められるのを避けたためである。その夜は月明かりがあり、早足の妨げになる提灯(ちょうちん)なしで道筋が見えたのは幸いであった。

忠勝は裏門を出る時、

「屋敷に戻って沙汰を待て。身辺に気を付けよ」

と環に命じた。

警護の者達は、忠勝の前方に一名、左右に一名ずつ、後方左右に一名ずつ、忠勝を取り囲んで進んだ。賊が前方、或いは左右から襲ってきたときは全員の目に入るが、後方には気付きにくいので二名を配するのである。更に、一名が一行の遥か後方に位置して、一行を偵察する者が居ないかを目配りしながら、追いかけ進むのである。

一刻ほどの道程を早足で進みながら、忠勝は祈った。

「殿、出陣は暫しお待ち下されよ」と。

この情報を知らずして出陣となれば、〝その責は、一報を見過ごしたこの儂にあることとなる〟と承知し、冷や汗が滲み出るのを禁じ得なかった。

忠勝は、今宵のうちに出陣命令が出ることはないだろうとは思いながらも、

「ちっ。儂も歳を取ったものだ。足が思うようには動かぬわ」

と、進まぬ自分の足をもどかしく思いながら、自らを叱咤しつつ早足を続けた。

環は、裏門で忠勝一行を見送りながら、

「儂は、まだまだ武家として至らぬ」

と痛感した。この緊急の場で目の当たりにした忠勝とその周りの者達の一挙手一投足は、まさしく武人のそれであった。その振る舞いは、それぞれの身に染みついたものであり、

それぞれが今自分は何を為すべきかを心得て、一糸乱れず整然としていた。

「それに引き換え、儂は、この書状を懐深くに抱えたものの、供の者一名を連れただけでここへ来てしまったではないか」

などと自分の至らなさを思い知り、恥じた。

討伐の陣頭指揮のため、駿府より江戸に入っていた家康は、その夜、居室で出陣・戦闘の段取りをさらっていた。政権の存続を揺るがせるやも知れぬ予感があったのである。

その時、忠勝の登城の言上を受け、

「何事であろう」

と思いながら待ち構えていた。

暫くすると、いつにも増して荒々しい踏み音とともに、忠勝が入って来た。

「どうした」

「火急の件にござる。人払いを」

家康が人払いをしたのを見届けて、忠勝はずいっと家康に近寄った。

「重大な注進にござる。環からでござる」

と言って、懐から書状を取り出した。

「まず、お願いの儀がござる」

と言って、先に自分が環に言われたことを、同じく言上した。

この二つのことを予め厳にお約定いただきたい次第にござる。さもなくば、この注進に関わる者達の身に危険が及ぶこと必定となるが故にござる」

家康は、自分をはたと見つめる忠勝の真剣極まりない眼差しに、その重大さを即座に察知した。

「相分かった。約定するぞ」

「では、御覧あれ」

と言って、忠勝は書状を家康に手渡した。

家康は、受け取った書状に目を走らせた。宛先は〝環〟となっていた。

読み始めた途端、家康は、手にした書状を掴み直し、顔に近づけて食い入るばかりに読み入った。読み進めるほどに、家康は驚愕し、書状を持つ手は打ち震え、顔色を失った。

そして差出人を見た時、驚きは頂点に達し、絶句した。

「これは真か！」

「真にございましょう」

そこには、実に驚くべきことが記されていたのであった。

この情報は、先に家康に命ぜられて方斎が構築した、生薬を取り扱う者達の間の情報網を通じて得られたものであった。

家康は呻（うめ）いた。

「なんという男だ、政宗とは！　これほどに念の入った調略をするとは！」

家康は、ここで気が付いた。徳川の探索方が察知した〝政宗の不穏な動き〟とは、実は政宗方の陽動作戦で、まず徳川方が自ら動き出すのを誘い出すために仕掛けた罠だったのだ。そしてそれは、この調略の取りかかりを成す第一歩であったのだ。

家康と忠勝は、暫し放心したように互いの顔を見合い、我が身に戦慄が走るのを覚えながら、同じことを思った。

〝実に危ないところだった。この注進を知らずして出陣していたら、どうなっていたであろう？〟と。

家康は、暫しの驚きと興奮から我を取り戻すと、直ちに決定を下した。

「出陣は即刻取りやめじゃ。これまで出陣の用意すらなかったこととせよ。全軍、この後どこに於いても、決して動いてはならぬ」

この決定は、時を移さず忠勝より家康の厳命として諸将に伝えられ、配下の末端に至るまで徹底された。

家康は即刻考えたのである。

「もし徳川軍がこのまま動けば、当初の思惑を遥かに超えて、戦乱は全土に及び、再び戦国の世に逆戻りして、良民は苦しみ、国土は疲弊するであろう。これまでの長い労苦の末にようやく手中に収めた穏やかな世の中を逆戻りさせてはならぬ。〝ようやく落ち着きかけた世の中を自ら乱した〟との世人の謗りを受けてはならぬ。

そのためには、この途方もない謀略を、人知れずのうちに抹殺しなければならぬ。この謀略を承知した上で、敵方の如何なる陽動にも知らん顔して我々動かず、完全に相手にしないのだ。さすれば敵方は為す術がなく、自から窮するであろう。

何故ならば、この謀略が成り立つ要件は、まず徳川方が自ら動くことにある。敵方は先に動くことはできないのだ。それでは、敵方の目指す自分達の大義名分が成立しないからだ。

これは、この注進によって初めて読み取れたことだ。そして、敵方の謀略は、その取りかかりを得られぬまま当てが外れ、そのまま消滅するであろう」

戦闘には、規模の大きいものほど、その旗印として掲げる大義名分が必要なのである。関ヶ原の合戦も、家康の仕組んだ徳川政権の樹立のためのものであったのだが、その大義名分は〝豊臣政権のため、即ち公儀として、謀反人を誅伐（ちゅうばつ）する戦い〟ということとして、その旗印の下に反〝謀反〟側の豊臣大名を結集・動員して戦うことができたのである。

その後も、敵方の陽動が、時を置きながらそこかしこで見られた。それは時を経るにつれて激しくなり、この情報がなければ、当初家康が出陣を決意した時と同じく、必ずや徳川方は自ら打って出て戦闘となり、敵方の謀略の罠に嵌ってしまうことになったであろう。

しかし、今や家康の厳命は徹底されて、いつも、どこでも徳川方は敵方の挑発を知らん顔して無視し、全く動かなかった。

政宗は、居室でじっと報告を待っていた。

此度の謀略に自信を持っていた。

「必ず成功するに違いない」

先に、秀吉に対しての謀略では、意に反して事の前に露見し、危ういところで死罪を免れるという失態を演じてしまったが、この度の策は、今度こそ必ず家康を打倒すべく、練りに練った秘策であった。

「我が軍が反旗を翻す動きあり」

と意図的に徳川方に探索せしめて挑発し、我が軍の攻撃に先制しようとする徳川方に自ら出陣せしめる。

それに成功すれば、それを端緒として、その後は謀略の道筋に従って事を進めれば、必ず家康を倒し、天下を我がものとすることが成就できるであろう。

「家康は必ず打って出て来る」

と確信していた。

家康は、上方・西国への警戒もあり、短期決戦を目指して大軍を差し向けるやも知れず、その時は我が軍の損害も大きいものになるかも知れぬが、大の前に小を捨てることとなる。

しかし、待ち続ける政宗に、あって然るべき報告は一向に来なかった。矢も楯(たて)もたまら

ず報告を求めると、

「徳川方に動く気配なし」

と返って来るばかりであった。

「更にあからさまに挑発せよ」

と命じながら、政宗は不安を感じ始めていた。

「何故だ？　何故家康は動かないのだ？」と。

その後、引き続いて所を変えながら激しく挑発し続けたが、徳川方に動く気配は全く見られずに終わった。

政宗は、練りに練った自分の謀が、その端緒となるべき取りかかりを得られぬまま空振りに終わったことを知らしめられ、遂に謀略の失敗を悟らざるを得なかった。

政宗は、茫然（ぼうぜん）として空を見つめて、独り言ちた。

「何故だ！」

政宗には、何故家康が動かなかったのかが全く分からなかった。

「上方・西国に何か異変が出来したのか？」

だが、この謀略が進行しようとしている今、上方・西国方から火の手が上がるはずはない。はては、

「謀略が漏れたのか？」

と思うに至ったが、これもあるはずはない。何故なら、この謀略に関わる者には、味方

ながら諜者を貼り付けて監視を怠っていなかったからである。

政宗は、このようなことを考えながらも、自分の体から力がすっかり抜け落ちていくのをまざまざと感じていた。

それまでの溢れんばかりの自信は跡形もなく崩れ落ち、挫折感のみが残った。

政宗は、当初の自信とは裏腹の結果に終わったこの件を恥じ、この件を如何なる形ででも記録に残すことを一切禁じた。

この後、政宗の天下覇権の意欲は急速に衰え、もはや家康の脅威となる存在ではなくなった。

しかし政宗は、なお暫くは折にふれて自分の中の火種を見遣りながら、それが燃え上がるのを期待して待ち続けたが、それが再び燃え上がることは遂になかった。

ただし、その火種が完全に消え去るのは、家光の代になってからであった。

環は、殿中へ急ぐ忠勝一行を見送った後、自分の屋敷に戻り、改めてこの度の書状に考えを巡らした。

「これだけの消息をよくぞ伝えてくれたものだ」

そして、

「よくぞ間に合ったものだ」と。

更に、

「この極秘の事柄を聞き取れた経緯は、どのようなものであったのであろう……」

等々、思い巡らすことは尽きなかった。

夜も深まった頃、忠勝より使いの者が来たというので出て見ると、その出で立ちから、先に忠勝を警護した者と分かった。

「殿よりの書状にござる。環殿に直接手渡すようにとのことにござる」

早速開いてみると、家康が書状の内容・出所の守秘に合意したこと、出陣は即刻取りやめとなったことが記されていた。環は返書した。

「書状、確かに受け取り申し候」

環は安堵した。この書状がぎりぎりのところで間に合い、役に立ったのだ。

第一報でこれだけの謀略を読み取ることは誰にでも無理だ。第二報はまさに重大情報であったのだ。

それにしても、此度の件で環が目の当たりにした家康・忠勝の為せる業は、見事としか言いようのないものであった。

長い戦を勝ち抜いて、その頂点に位する第一級の人間の為す業とは、この危急の中でも動ずることなく、直ちに動き、かくの如くに覇気に溢れて、且つ整然としたものだった。

環は深く感動し、言葉もなかった。

環は、その家康・忠勝をまさに目の当たりにしながら、この徳川政権の重大な局面の中に自分がいることが信じられず、夢の中にいるような気がしてならなかった。

「どうして自分は今、ここにこうして居合わせているのだろう？」

環が居室でそのような思いに耽りながら座していると、晴が入って来た。

寝衣に打ち掛けを羽織っている。

忠勝の所へ馳せ参じる際、

「戻るのは遅くなるやも知れぬ。先に寝ておれ」

と言っておいたので、寝床に入っていたのであろう。忠勝の使いの者が来た物音で、目を覚ましたのであろうか。

「お茶を一服如何？」

「うむ」

晴は、そのまま部屋を出て行こうとしたが、環の羽織の襟が乱れているのに気付いて、身を返して環の背後に回り、膝立ちで襟元を整えると、その両手を環の両肩を抱きかかえるようにして胸に回し、顔を預けながら身を寄せて、環をそっと抱き締めた。

〝お疲れになりましたでしょう〟というふうに。

暫くそのまま抱きしめ続けた後、更に少しだけ強く、ぐっと抱きしめた。

環は、心地よい香りが漂う中で、晴の豊かな胸の温かみを背中に感じた。

晴は、環が夕方一つの書状を受け取った後、慌ただしく忠勝の所へ出かけるなどしている様を見て、「何か大事なことがあったのだ」と承知していた。

〝疲れたであろう体と心を休めるためには、番茶が一番〟と、番茶にした。

「お味は如何？」

「うむ。いい香りだ」

晴は、静かにお茶を飲み合いながら、環を見遣った。

環のいつもと変わらぬ平静な振る舞いに、

〝大事なお役目は無事に済んだのだ〟と思い、安堵した。

「お風呂の支度ができております、如何？」

「うむ」

環は、湯船に浸かりながら、今日慌ただしく動いた事々をなぞろうとしたが、不思議なことに何も思い浮かばなかった。

「これで良いのだ」

と思い直し、ただただ無心に、湯の中に心地よく身を委ねた。

「お背中をお流ししましょう」

と声が聞こえて、晴が入って来た。既に全裸になっていた。

晴は立て膝になり、環の体を柔らかに洗い流した。一通り流し終わると、その豊満な裸身を環に擦り寄せた。環は晴を抱き上げ、唇を吸い合った。

その夜、二人は柔らかく、しかし十分に深く愛し合った。

翌日、環は此度の件を改めて振り返った。

〝深謀遠慮のある大御所様と忠勝殿のことだ、これで動乱は防げるであろう。まさに、ただ一つの知見が世の中を救うことになるのだ。

長い戦国の戦いの末、ようやくにして今の世の中がある。しかしこの度は、一片の知見により、労せずして世の安泰を得ているではないか。知見の力は、長年の労苦に遥かに優(まさ)って、絶大なものだ〟

と、今更ながら痛感した。

このような〝情報〟活動は、古(いにしえ)からそれぞれの集団で、主として〝諜報〟活動として行われてきているが、時を経るごとにその重みを増し、関ヶ原の合戦も、戦闘ももとよりながら、諜報とそれに基づく工作が、勝敗を決したと言っても、過言ではない。

その後も諸大名は、外様大名はもとより譜代大名も、そして旗本に至るまで、それぞれが独自の情報網を持ち、周辺諸国は無論、幕府とも熾烈(しれつ)な鬩ぎ合いを続けていた。

幕府の中でのこの活動の中心は幕閣の探索方であり、幕府はその情報に基づいて動いているが、その他、家康の命により家康直轄下で行われている環方を含め、幕府天領の代官方などいろいろな幕府内の集団でも行われていた。

ただし、それらの集団の情報収集能力は、当然のことながら探索方に比べれば遥かに小規模であるので、それほど注目されてはいなかった。

「今回の注進は環方からのものだ」

ということは知られていたが、探索方から、

「越権行為である」とか、

「信用は置けるものか」

などといった異論・批判の類は、一切聞こえてこなかった。

家康が既にその情報を採り上げ、それに基づいて厳命を下したことにもよるのだが、そのような批判行為は、かえって自分達の至らなさを喧伝することになってしまうからである。

探索方は「不穏な動きあり」と察知はしたが、それは実は、

「察知せしめられた」

のであって、察知したこと自体が既に敵方の陽動作戦であることを察知できなかった。まして、その裏に巧妙な謀略が隠されていることは、全く察知できなかったのである。

当事者達は、自分らの活動の不十分なことを認めざるを得ず、恥じ入ったのである。

この件により、探索方を含め幕閣内で、

「環方の、そして幕府内のその他の組の力も、なかなかに侮りがたいものがあり、注目せねばならぬ」

と、改めて認識されることとなった。

家康も、探索方の不十分なことを感じたが、他の事案に多忙でそこまで手が回らず、探

索方の整備は、家光の代まで待たなければならなかった。

家康は、環との約束を厳に守り、今回の書状の内容・出所を余人に明らかにすることはなかった。ただ、

「敵に対し戦を開始しようとした直前に、環から差し出された大事な注進により、戦に入ることを取りやめた」

という事実のみが、当事者の記憶に残った。

大きい戦闘、例えば関ヶ原の戦いが起こった時には、それは記録に残り、後世に伝えられることとなるが、それが回避されて何事も起こらなかった時は、殊更記録されることはなく、後世に伝えられることもないものだ。世の中は何も変わらないのだから。

従って、この度の〝事実〟も、当事者の世代が変われば、忘れ去られることとなる。

元来、情報、特に〝陰の情報〟ともいうべき諜報活動は、裏の行為である。諜者の動き、諜報の内容などは、書面に記されることなく当事者が知り合うにとどまり、表に出ることはない。

この観点から広く見れば、表沙汰になることはなかった今度の件は、〝陽の情報〟ではあるが、情報活動の中の類例にとどまると言っていいのだろう。

環は、このようなことを考え巡らしたが、

「それで良いのだ。とにもかくにも、この度、世の中が乱れるのを防ぎ得たのだから」

と思った。

「それにしても」

と環は更に考えた。

「大御所は、今度の件を予見していたのであろうか？」と。

今度の情報は、薬種を扱う人々の間の情報網により提供されたものだ。この情報網がなかったら、この情報は得られなかったことになる。

この情報網は、嘗て方斎が家康に薬種について〝講釈〟した際、薬種を扱う人々の間に様々な情報の遣り取りがあることに関心を示した家康の命令により構築されたものだ。

何故、家康は、正式な探索方があるにもかかわらず、この情報網を構築したのだろう？

凡人ならば、方斎の話を〝面白い〟話だと、ただ聞き流して楽しんだだけであっただろう。しかし、〝賢人〟家康は違っていた。情報収集の有り様について、これまでの探索方のやりようとは一味違う可能性を見出し、〝面白い〟と気付いたのだ。

そこに、賢人の今度の〝叡智〟の発現があったのだ。

その時、家康は、薬種に関わる情報の遣り取りが極めて日常的で、いろいろな情報が全国の津々浦々から自然に聞こえてくる形で得られることに注目したのではなかろうか。

その中から、自分に役立つものを収集すれば、それは立派な情報となる。それは、こちらから探るのではなく、自然に集まるのだ。

情報網を構築するに際して、情報提供に同意してくれる人々に、「世の中の動きや、世を乱すことになりそうな、或いは政事の動きや、政事に水を差すことになりそうな噂話が聴けた時には、大・小、軽・重を問わず、何でもいいから知らせてくれ」

とだけ頼んでおけば、その趣旨に合致した情報が、自然に集まってくる。

家康は、

「この仕組みが上手く働いていれば、いつとはなしに、生の役立つ消息が届くであろう」

と確信していたのだ。

「しかし、はたして本当にこの仕組みで、有益なものが得られるのだろうか？」

と、暫くは何の成果も見られないのを見て疑問を持つのは、凡人なのだ。

賢人の叡智が正しいことは、すぐには分からない。時が経って何か平生と異なる事態が起こった時に、初めてそれが正しかったことが分かるのだ。そして、それを知らずのうちに享受していた人々は、賢人に感謝するのだ。

いや、ほとんど全ての人々は、それが賢人のお蔭とも気付かずに、そうあって当然という意識さえないままに、日常を過ごし続けるのだ。

賢人・家康と雖も、この情報網を構築しようとした時に、特定の事件を予見したわけではない。しかし、

「将来、このような事件が起こり得る」

と予見し、

「それに備えておかねばならぬ」

として、一味異なる情報網を構築したのだ。何年も前に。

ここに、凡人と賢人との間の圧倒的な差があったのだ。

環は、

「自分が差配する仕組みが、はたしてどれほどに役に立っているのであろうか」

と、時には無力感を覚える時もあったことを思い、家康の叡智につくづく感じ入るばかりで、

「自分は凡人に属しているのかも」

と自覚せざるを得なかった。

しかし、思い直せば、

「自分と比べるには、賢人・家康殿は大きすぎる！」

と言い訳の言葉を見出して、自らを慰めた。

「自分はいつ〝賢人〟に近づくことができるのであろう？」

家康は、関ヶ原の合戦の後、徳川の世の永続のための三本の矢の一つとして、豊臣家と外様大名の掌握に腐心し、彼らが禁中・公家と結びつくことを警戒してきたが、改めて、

「この事件の大本は、とどのつまり、未だに豊臣家が存続していることにある」と思い定め、かねて意中に描いていた豊臣家に対する荒療治を、前倒しして取り進める決心をした。

外様大名達は、未だに西国、そして東国にも居座り続けて、豊臣家を守る構えを崩しておらず、豊臣家は、未だ求心力を維持し続けているのである。

求心力とは、権力を握ってはいないものの、何か事を起こすに際して、その名目として奉られるだけの価値を有しているということである。

禁中・公家は、戦国大名に利用されながらも、それを利用して自らの権威の維持に腐心し、隠然たる力を持ち続けていた。禁中に逆らえば無位無官となり、敵対すれば朝敵になるからである。

家康もその掌握を図っていたが、それ以上に豊臣家との絆は、今なお根強く残っていた。豊臣家が失われれば、彼らはその求心力を失い、相互の一体感は希薄となって、支離滅裂になるであろう。

さすれば、後は禁中・公家はともかくとして、外様大名は個別に処断すればよく、他大名がそれに関与・干渉することは、その名目が見出せないままなくなることとなるであろう。

かくして、世は動いた。大坂の陣である。

徳川方がそれに勝利した後、家康は、いよいよ外様大名の処断に取りかからんとした。しかし、残念ながら、家康には時間がなかった。翌年、病を得て大往生を遂げたのである。

家康は、これに先立つ晩年、〝強き御政務〟といわれるほどに、幕閣内の身近な者達にも強い態度で臨み、幕府の永続のための措置に腐心していた。

（二十五）来世の門

家康の病が重篤になった時、環は駿府に家康を見舞った。家康が望んだのである。環が枕頭に座して、家康の手をそっと握りながら、その目を見遣ると、家康も、じっと環を見つめた。

このような時、人はいつも思うのだが、人間は、今際(いまわ)の際には何を思うのだろう？「自分の一生が走馬灯のように思い浮かぶ」という話もある。母親のこと、小さかった頃の自分のこと、小さかった頃の子供達のこと……。或いは、何を思い浮かべることもない無心の中で、それと気が付かぬままに、ひっそりと身罷るのだろうか。

ふと気が付くと、家康が環を見つめながら、何かを言いたげに唇を動かしたように見えた。

はっとして、顔を近づけて耳を欹(そばだ)てると、

「……方斎に……」

と言ったように思われた。環には分かった気がした。

「方斎に診てもらっていたら、もう少しは生き延びられたかも知れぬな。かと言って、そちに診てもらうわけにはいかぬしな」

と言いたかったのではないか、と思われたのである。

環は、表向きは医者ではなく幕臣である。ここで医者の振る舞いをさせて、余人に環の素性を明かすわけにはいかぬ。徳川の家、そして幕府を守り通すためである。

秀吉は晩年、そして死を前にして動揺し、醜態を見せたが、家康の処世は一貫して崩れることはなかった。後継者と幕藩体制に懸念はないところまでに整えた今、徳川の家、そして幕府のために、殊更自分の身を顧みることはなく、平静を保ったままであった。

嘗ては、長子・信康を助けたいと願いながら、家を守るために助けられなかったが、今は、自分の身は顧みず、家を、そして幕府を守ろうとしているのだ。

環は、家康に言ってやりたかった。

「立派に生きられたではございませぬか。我らの遠く及ばぬところにございまする。まだまだおやりになりたいことがありましょうが、人はいつまでも生きられるものではございませぬ。

後は、次の世代・秀忠公にお任せして良いのではございますまいか。秀忠公は、必ず立派に事を成されるでありましょう。体の方は、全く心配ございませぬ」と。

環は、身を屈めて両手で家康の手を握っていたが、右手を外して、それを家康の額に当てなぞった後、そのまま右のこめかみ、目の周り、鼻筋、頬へと柔らかくなぞりながら動かし、瞼に戻って更に柔らかくなぞった。それを左側にも、同じく繰り返した。

家康は、目を閉じたまま、静かに環の所作に身を委ねていた。

〝遠い昔の帰らぬ日々〟を思い出しているふうであった。

周りの者の目には、惜別の情による所作と思われたであろうが、環の意図は違っていた。その所作は、家康・竹千代の目の病の治療の中で、方斎が何度となく繰り返したに違いない所作であった。治療が終わって目を開けた瞬間が、竹千代が将来への希望を手にした瞬間であったであろう。

家康は今、その喜びの時を思い出しているのかも知れぬ。この所作で、その時の温もりを感じてくれただろうか。

環は、ふと家康の目をなぞる右手の指先に湿り気を感じた。家康が密やかに涙したのであろうか？

環が背を起こして、改めて家康の顔を見遣ると、それは何の悔いも感じさせない安らかなものだった。

環は、近くに控えている侍医に気付かれぬように、家康の手をさりげなく握り直すなどして家康の脈をとると、今や、家康の命は旦夕に迫っていると分かり、自分はここに少し長居し過ぎたと後悔した。

今はただ、家康に、自分の心の赴くところに従い、安らかに過ごしてもらう時だ。余人がここにこれ以上長居して、その邪魔をしないように設えなければならぬと思い、名残惜しくも別れを告げて、その場を辞した。

環は、退去しながら、更に思い巡らした。

家康が、喜びの時を思い出しながら安らかに身罷るとすれば、それ以上の幸いはない。

この世で善を積めば、

「来世で救われる」

というが、来世への門に達した瞬間に、

「安らかに身罷れる」

ということではあるまいか。

その門の向こう側の来世のことは分からない。門に達したその瞬間こそ大事なのだ。その瞬間に、何の不安も感じず安らかになり、そのまま身罷るために、人は善を積まねばならないのだ。

その〝善〟は、人によって異なるだろう。人に手助けした、事を成し遂げた、子供を立派に育てたという達成感、喜んだこと、楽しかったことの思い出など様々で、何でも良いのだ。

〝遠い昔、帰らぬ日々〟という言葉がある。過ぎ去った昔の日々はもう戻らない。なんと悲しく、寂しい思いを募らせる言葉だろう。年を重ねた者にとっては、何ともなしに、

「取り返しのつかないことをしたとの後悔の記憶」が、実際にはなかったのに、あたかもあったかのように蘇って、焦り、恐れ慄きながらも、そこから逃れる術もなく、何事にも至らないことが多かったであろう自分を苛ませてしまう言葉だ。

だが同時に、昔の日々を何か懐かしく思い出させる不思議な言葉だ。

「あの頃の自分はどう過ごしていたのだろう」と。

更に一方で、もはや取り戻せぬ過ぎし日への悔恨の情に打ち拉がれている者に、思い直せば、

「自分は今、まだこうして生きているではないか。〝善〟を積むことはまだできる」と気付かせ、鼓舞してくれる言葉でもあるのだ。

環は、ふと自分のことを思った。

「儂の〝善〟は何だろう？　既に積んだのだろうか、これから積まなければならないのだろうか」と。

環は、翌日駿府を朝早くに立ち、帰途についた。

昼前、街道筋の茶屋で一服していると、

「カッ……カッ……」

と馬蹄の音が上手から聞こえてきた。

「下がりおろう……下がりおろう」

との掛け声と共に人馬が疾駆してきた。

「早馬だ」

それも三騎だ。普通は一騎で、危急の場合でも二騎である。

環は、瞬時に悟った。

「家康公が身罷ったのだ。それを江戸表へ知らせる早馬だ」

確かに馬上の早打ちの者達は、皆墨染めの襷掛（たすきがけ）姿で走り抜けていった。

環は、床几（しょうぎ）から立ち上がり、駿府へ向かって手を合わせた。


環が屋敷に帰り着くと、晴が待ち構えていたように、直ちに出迎えた。

晴のいつになく神妙な様を見て、環は、家康の訃報が既に知らされていることを悟った。

夕餉の前に、環は家康を見舞った折の様子を話した。

善務は、

「左様か。天寿としか言いようがないな」

と言って、暫し目を閉じた。共に戦い、共に生きてきた家康を失うのは残念なことだが、病に伏した時から、気持ちの整理はついていた。

「人はいつまでも生きられるものではないのだから」と。

晴は、そんな父を見遣りながら、

〝父上のお体は　大丈夫にございまするな〟と心の中で呟いた。

意気消沈している二人を見て、晴は、

〝ここは自分が頑張って、二人を元気付けないと〟と思い、張り切って夕餉の配膳を、てきぱきと活発に取り仕切った。

その夜、晴は、閨房の営みは、疲れたであろう環の心を癒すほどに控えめにと思ったのだが、環はいつになく激しく晴を攻めた。

晴は、戸惑いながらもそれに素直に応えて、豊満な裸身を惜しげなく呈し、攻められるがままに身を委ねてしまった。

晴と睦み合いながら、環は、

「晴と共にこうして睦まじく暮らしていることが、儂の〝善〟の大事な一つなのではないか」

と思っていた。

同じ頃、環は、もう一人の大事な人を失っていた。忠勝である。

忠勝は、大坂の陣を前に、幕閣の重職を務める中で、伊勢・桑名城主として天寿を全うした。

その報に接した時、環と晴はその死を大いに悼んだ。

家康の命に従い、方斎・環の江戸表への召し出しを差配したのだが、その中にあって、環と晴にとっては、その結びの神であった。

家康に従い、幾多の厳しい戦闘を駆け抜けた武人としてのみでなく、平時は幕閣の中枢にあって、諸政策を取り進めるに際して非凡な能力を発揮しながらも、心の中には溢れるほどの人情に満ちた人物であった。

環と晴にとって、その剛直である一方で柔和な人となりは、〝共に生き〟たいと願う人の一人であった。

あの破れ鐘のような大声と、外聞を憚る時の密やかな小声とは、共に忘れ難い声音で、終生忘れることはなかった。

忠勝は、先に娘を信州・上田の真田信幸に嫁がせていた。

今度の大坂の陣の折、信幸の弟・信繁（幸村）は、関ヶ原の合戦後の家康の寛大な処置に反して大坂方に馳せ参じたが、信幸は関ヶ原の合戦に引き続き、徳川方に留まった。

それは、関ヶ原の合戦の前、真田の家を存続させるための巧妙な策といわれたのを引き継いでいる様（さま）だが、環には、

「信幸が、関ヶ原の戦い以前から忠勝の人となりに意を感じ、自らが忠勝と〝共に生き〟る道を選んだのではあるまいか」

と、しきりに思われた。

男の〝器量〟とはこういうものであろうと思い、忠勝の在りし日の様を心に留め置きたいと思った。

そして、我知らず、

「儂に器量はあるのだろうか？」

と思ってしまうのであった。

（二十六）長幼の序

家康が、そしてその前に忠勝も没して、徳川政権も世代交代となり、秀忠の世となった。秀忠は、家康の意を体しながらも、

「秀忠、何ほどのことやある」

との気配が、なおも外様大名をはじめ諸将の間に根強く残っている中で、将軍としての自らの力を知らしむるべく、果断に上方・西国の掌握に向け、諸政策を断行した。

外様大名の池田忠政・播州姫路二十五万石を因幡（いなば）鳥取へ転封した跡へ、譜代大名の本多忠政を伊勢桑名十万石より封ずるなどして、外様大名を転封し、譜代大名をその跡に封ずるという、大名の再配置を進めたのである。本多忠政は忠勝の嫡男である。

大名の再配置を更に推し進める中で、遂に外様大名の安芸（あき）四十九万石・福島正則を改易するに至った。正則は、秀吉の恩顧を忘れられぬ西国の雄の一角を占めていた。

この一件は、その去就を注目していた東の上杉景勝、伊達政宗、西の黒田長政、細川忠興らの外様大名達の心胆を寒からしめたのである。

かくして、譜代大名の配置は、上方から、家康の代には手が回らずに外様大名の世界として存続していた播州・西国にまで及び、秀忠の幕政は強固なものになっていった。

特に正則の改易は、かねてよりの家康の意に沿ったものであったが、更に家康が秀忠に伝え送ったものに、肥後・熊本・五十二万石・加藤忠弘の改易があった。

忠弘は、豊臣大名の雄・清正の嫡男である。清正は、大坂の陣を前に没していたのだが、家康は、清正への強い執着について、何故か何も語らず、秀忠には遂に分からず仕舞いであった。

しかし、その実行は、譜代大名の配置を九州にまで至らせるためにも、秀忠にとっても狙うところであった。ただし、そのためには然るべき時日を要し、家光の代まで待たなければならなかった。

秀忠の世になって程なく、環に沙汰があり、秀忠に謁見することとなった。

秀忠の病は既に快癒していたが、嘗て治療に使われた、秀忠が私用に使う部屋に案内された。

部屋に入ると、秀忠と土井利勝がいた。密やかな鼎談となった。

「家光のことじゃ。家光を、そちに診てもらいたいのじゃ。

活発なのは良いのだが、癇(かん)の気(け)が強過ぎるほどに強いのが気がかりなのじゃ。儂が東照大権現・家康公から受け継いだ病が、家光にも伝わっているのではないかということじゃ」

そして続けた。

「この件、利勝の前で何を言っても構わぬぞ。この三人の間だけの話じゃ、余人に知られてはならぬ」

利勝が、その言を体して語った。

「東照大権現・家康公の時に、〝世継ぎは竹千代・家光殿〟と既に決まっておるのだが、最近、弟君・忠長殿を推す動きが再び出始め、〝早くに家光を改めて世継ぎとして明言し、不動のものとして置きたい〟との殿の御意向である」

甚三郎・土井利勝は、幼時から家康に仕えて以来、大炊頭（おおいのかみ）を称して、終始秀忠の側にいて活躍し、更に家光に至るまで幕政を支え続け、後に酒井忠世、青山忠俊と共に〝寛永の三輔（さんぽ）〟と称された逸材であった。

続いて利勝は、家康が〝世継ぎは家光〟と決めた時のことを語った。

利勝はその時、その場に控えていて、その一部始終を見聞きしていたのである。

嘗て、家光が竹千代と称した幼年の頃、〝世子は長子である竹千代殿〟との大方の空気がある一方、弟・国松を推す動きが出始めていた。

国松は確かに聡明（そうめい）であった。生母・お江与の方も、

「世継ぎは国松に」

と望むようになっていたのである。

竹千代の乳母・お福の方は、その動きを腹立たしく思い、竹千代を世子として決めるよ

う、家康に訴えたのである。

家康は、お福に言われるまでもなく、女の絡んだこの動きを察知しており、苦々しく思っていた。家康は、

「世継ぎは長子の竹千代」

と、心の中では決めていたのである。それは、秀忠も同じ考えであることも承知の上であった。

世継ぎを秀忠に決めた時も同じであったのだが、それは、家康自らの生い立ちに基づいていた。

家康は、父・広忠の長子として生まれ、いろいろな苦労はあったが、ずっと長子として扱われて、当然の如くにして父の跡継ぎとなった。家康は、

「自分の経た、その在り方が良い」

と思うのだ。――自分が今このように世に在るのが、その何よりの証なのだ――と。

鮭・鱒が川を遡上する話である。鮭は産卵のため、成長した海から自分の生まれた川を探り当て、その水の味、匂いを頼りに、生まれた所を目指して、その川を遡上するのだ。

川を下るのならまだしも、流れに逆らって遡上するのは、命懸けの過酷な難行である。

何故、鮭は、そのような過酷な苦労をしてまで、遡上するのであろうか？

それは、自分が産卵して子孫を残すには、

「自分が生まれた所が一番確かで、安全である」

ということを知っているからなのだ、――自分が今こうして生きているのが、その証なのだ――と。

世継ぎのことも、それと同じなのだ。それは、原始の頃から、生き物としての本能の下での、人間の自然な生き方の規範の一つとして、多くの人々が、たとえ無意識の下ででも合点し、辿ってきたことではなかろうか。

〝長幼の序〟ということである。

長子が生まれても、次子・三子が生まれるとは限らない。生き物には〝次子・三子を待ってから……〟という暇はない。長子が生まれたら、直ちに〝育て〟に入らねばならないのだ。

後に生まれた次子・三子に才があれば、それに応じて処すれば良いのだ。次子・三子をないがしろにすることではない。自ずと〝序〟というものがあるということなのだ。

長子が、誰が見ても明らかに凡庸であったり、性格的に不適当であったり、その才が他に向いているといった時は、それに然るべく対処することは必要だが、そうでない限り、長幼の序の中で事を処するのが、元来最も自然な、理に適ったことなのだ。

それを〝人為的に〟覆そうとすると軋轢が生じ、無用な混乱を招くことになるのだ。

人の世に於いて、何事も生き物としての人間の本能に沿い、元来あるべきように事に当たるのが、最も賢明で正しいことなのだ。ただし、その本能への〝世のため・人のため〟という重石は忘れずに。

家康は、この点に於いて、本能に基づく〝叡智〟の持ち主であった。

そんな折、家康の誕生日の祝いに、竹千代と国松が参上した。

二人は、家康の座から相当に離れた所に、左右に揃って畏まった。

程なく、家康が着座し、

「竹千代殿、これへ」

と、竹千代に近くへ来るよう促した。

竹千代が腰を上げようとした途端、国松がさっと立ち上がろうとした。それを見た家康は、間髪を入れず、声を発した。

「待て。国松はそこに控えておれ」

国松は、上げた腰を渋々下げ、座り直した。

「どうして？」

といった面持ちで、家康を見遣りながら。

家康は、国松には目もくれず、竹千代に向かって改めて呼びかけた。

「竹千代殿、これへ」

竹千代が進み出て家康の前に座ると、家康は、その前に置かれた三方から饅頭（まんじゅう）を掴んで、竹千代に差し出しながら言った。

「饅頭じゃ、食べよ。美味（うま）いぞ」

家康は、竹千代がむしゃむしゃと遠慮なく食う様を、微笑みながら、満足げに見遣っていた。

その有り様を見たお江与の方をはじめ、国松に与(くみ)した諸将は悟った。

「大御所は、既に竹千代君を世子と決めておられるのだ」

大御所・家康の言動は絶対であった。この瞬間から〝国松を世子に〟という動きは、表からは消え去った。

ただし、お福の方は、自分の訴えを家康が受け入れてくれたのだと思い込み、家康が以前より竹千代を世子に決めていたとは全く思い及ばなかった。

家康は、国松の聡明さは認めていたが、それをひけらかすが如くに見える振る舞いが多く見られることを、苦々しく思っていた。

国松は、この時も竹千代と同列に座し、

「竹千代が呼ばれたならば、自分も当然、同時に呼ばれる」

と思って、呼ばれる前にその才を発揮して自ら察し、いち早く立ち上がろうとしたのだ。

「長子の竹千代と次子の自分とは、その位置するところが異なるのだ」

という基本的な心得を弁えず、一見〝一を聞いて十を知る〟かの如くに見える先走った勝手な振る舞いに及んでも、自分では気付かず、何とも思わないのだ。

このような不遜な言動を認めた時、親は直ちに窘め、矯正しなければならないのだ。幼少の頃の言動は、生まれついた本能の一端から発するものであり、長じた後はなかなかに抜き去ることはできないから、早い時期から親は、その都度根気よく、厳しく教育しなければならないのだ。

幼い頃から年少に至るまでの成長期の子供の教育は、なかなかに容易ではないが、実に大事なことで、本能に相対して分別を習い覚えるこの時期にこれを怠れば、もはや取り返しはつかないことになるのだ。

「人は、自分に才ありとしても、それに溺れてその才をひけらかすなどして、驕ってはならぬ。

〝我が身を弁え、人を思い遣る〟という謙虚な心を持ち合わせねばならぬ。

自らを知って〝分を弁える〟ということが大事なのだ」

というのが、家康がそれまで身を処してきた要であったのである。

環は、この話の一部始終に、〝賢人〟家康の〝叡智〟を感じた。

事実、長じた後の国松・徳川忠長の所業と不幸な最期をみれば、この時、家康の〝叡智〟が働いていたことが分かるのである。

〝叡智〟が正しかったことは、後になって分かるのだ。しかし人々は、そこに——最初から、そして最後まで——〝叡智〟があったことには気が付かない。

環は、秀忠に答えて言った。

「畏まってござる。ただし、なかなかに難しいことにござる。殿の時のように、病が軽微ながらも発症していれば、見立てしやすく、治療の方法も見定めることができますが、発症に至っていない病、それも脳髄に関わるかと思われる病を見立てるのは、なかなかに難しいと思われまする。

今の時点でもさることながら、家光殿はまだお若い故、長じた後どのように推移するのかを今見立てるのは、更に難題にござる」

「うむ」

「しかしながら、手立てはござる。

体のどこかに病の素が潜んでいれば、その前兆は体の表のどこかに現れるものでござる。丁寧に診れば、何らかの兆候を見出すことはできるやも知れませせぬ」

「相分かった。利勝、速やかに見立ての段取りをせよ」

「畏まってござる。環、追って沙汰を待て」

数日後、家光に謁見となった。

殿中の奥まった部屋で、密やかに見立てが始まった。利勝が側に控えた。

家光は素直に従った。長い時間がかかった。家光がいらいらし出した気配を示し始めた頃に、やっと終わった。

家光は、

「もうよいのか」

と言って身繕いし、

「環、またいつでも診てくれ。儂も、体のことは大事じゃと心得ておる」

と言って、立ち去った。


「上様と相談する故、暫し待て」

と言って、利勝は席を立った。

暫くして秀忠が、利勝と共に部屋に入って来た。

「如何じゃ」

「本日見た限りでは、特に所見はなく、病がある、或いは病となる兆があるとは窺えませぬ。

癇の気が強いのは、一般的には性格の一つと言っても良いもので、治療すべき病ではありませぬ。しかしながら、若殿のお立場を考えれば、その気が強すぎるのは、御当人はもとより、周囲の者達にとっても、そしてお家にとっても、決して好ましいことではございますまい。

長ずれば、自ら体力が付き、一方で大人としての分別も付いて来るのに従い、その気は弱まってくるとは思われまするが、若年の間は、外部から手を添えて、その気が強く外に出るのを抑え、穏やかにすることが望ましいと思われまする。

そのための一つの手立てとして、生薬で治療し置くのが良いと思われまする。痼の気は、脳髄の奥深い所にその源があり、どこかに巣食った普通ではない縺れが、血の巡りを阻害して痼の気として現れると思われ、生薬により血の巡りを良くすることで、その縺れを解きほぐすことが期待されるのでござる。

治療と申しても、煎じ薬を、毎日の食事を摂るが如くにごく日常的に飲めばよく、殊更構えることは無用にござる。

治療開始後半年で様子を見た上で、合わせて一年を当面の目処とし、様子を見ながら必要に応じて、更に一、二年続けるとの目論見にござる。

〝未病〟という言葉がござる。今は病ではないが、そのまま放置すれば病となるやも知れぬ状態をいうのでござるが、痼の気が強く外に出るのを予め防ぐ手立てを講じておくのは、望ましいことにござる」

「相分かった。その構えで良かろう」

「さすれば、使う生薬にござるが、我らの秘薬は、弱い処方で使うにしても、今度はそのままでは強過ぎる故、穏やかなものとすると同時に、上様の時のように狙いどころが一か所に特定されたものではなく、やや広い範囲に効かせるために、他の生薬と合わせて使う見込みにござる。これは、一般的な漢方の理に沿った処方にござる。

その処方の腹案の心得はござるが、三州・吉田で藩医を務める兄・優斎の意見を聞きたいところにござる。兄は、父・方斎と共に、かねてより秘薬と他の薬種を組み合わせた処方をいろいろ試し、適切な処方を手中に収めつつある由にござる。

今度の件は大事なこと故、その新しい処方とともに念を入れて、本日の見立てについても兄の意見を聞いておきたいと存じまする。

兄は、儂より医の術で優れておりまする。三州・吉田に居住しおりまする故、往来に少々時日はかかりまするが」

「相分かった。早々に出立するがよい。速やかに戻り、結果を聞かせてくれ」

環は、同時に晴を同道させることも願い出て、許しを得た。

旅の目的を余人に知られてはならぬことから、大身旗本の旅とはいいながら、何気ない夫婦の私的な旅であるとの構えが好都合と考えたからである。

（二十七）旅

環と晴が旅に出る日が来た。

晴は、三州・岡崎で生まれたが、幼い時、家康の関東入府に従って、父・善務と共に江戸に移り、それ以来、江戸で育って、江戸から出たことがない。

ずっと父と一緒だった。子供、特に娘は父親と共に育つものだ。

晴は赤ん坊の頃、父に抱きかかえられるとすぐ寝入り、いつまでも眠りこけた。赤ん坊の時だから覚えているはずはないのだが、長じた後、ふとした折に、抱き付いていた時の父の肩の温もりを思い出すのである。

よちよち歩きの頃には、胡坐（あぐら）をかいてどっかと座っている父の所へとことこと近寄り、父の股座（またぐら）にすっぽり入り込んで、後ろ向きにどたっと腰を落とし、父に抱きかかえられるようにして座り込んで、じっと静かにしているのが好きだった。そこが一番安全で、心地よかったのだ。

晴が近づいて行くと、

「また来たな」

といった面持ちで晴を抱き込んでくれた、父の腹回りの温もりを思い出すのである。

少し大きくなった頃、父に連れられて、近くの町屋まで用足しに出かけたことがあった。その帰り道、晴はけんけんをして飛び跳ねながら、父の先になり後になりして付いて歩いていた。

その時、晴が父の先へ追い越しながら、何かを呟いた。

「ん……。何て言ったのだ？」

「わ・か・な」

「わかな？」

「はい。あれ、〝わかな〟でございましょう？」

と言って、道の向こう側を指さした。そこには屋台ほどの小さい店があり、店先に立てられた幟旗（のぼりばた）に、店の名と思しく、確かに〝わかな〟と記してある。善務は驚いた。

「字が読めるのか？」

「はい」

と晴は言って、何の屈託もなく、そのまま飛び跳ねながら先へ歩いて行った。

「この子は、いつの間に字を読めるようになったのだろう？」

二人はその時、丁度町屋から屋敷町への坂道に入りかけていたのだが、その町屋の片隅にその店があることに、善務はそれまで長い間気付かないままだった。

晴は、「もう字が読める」と人に自慢するのではなく、ただそこに自分の読める字を見つけて、「わ・か・な」と声に出して、自分に向けて独り言ちただけなのだ。

善務は感動した。

「字が読めるようになったのだ」

との驚きにも増して、それをひけらかすことは全くない、屈託のない晴の振る舞いに。

「この子は、なんと素直ないい子なのだろう」

と、前を行く晴を見続けながら、止めどなく愛おしく思った。

晴は、そんな父の感動に気付くことはなかったが、父によく付いて歩いたことはよく覚えており、父との穏やかな日々を、折に触れて思い出すのである。

晴がもう少し大きくなってからも、善務は、折を見てはよく連れ回した。

或る時、善務は、晴を近くの富士塚へ連れて行った。

〝富士塚〟とは、富士の山のよく見える高みに、大人の背丈の何倍かの高さまで岩を積み上げ、土を盛って造った、山というには程遠い塚のことである。富士の山を模して、大人がやっと通れるほどの細い道を設え、そこに〝三合目〟〝五合目〟といった立て札を立てて、富士の山に見立てて登るのである。

富士の山は霊山である。富士の山参りをすることが流行ってきていた。しかし、そのように出かけられない人々は、その富士塚に登るのである。富士塚に登れば、富士の山参りをしたのと同じ御利益があると喧伝されていたのだ。

善務と晴が富士塚を登り終えて、さて帰ろうかとした時、晴が、近くの岩を指さして声を発した。

「ここに座っていいですか?」

「ん」

晴は、その岩にちょこんと腰を下ろし、両手を揃えて膝の上にのせ、静かに座った。

それを見て善務は、「はっ」と気付いた。

「この子は疲れたのだ」と。

大人の自分でも足に疲れを覚えたぐらいだから、子供の晴の足には遠すぎたのだ!

可哀想なことをしたと後悔した。晴を連れて行ってやろうと、晴のことを全く考えてやらずに、自分が勝手に思うがままに連れ回してしまったのだ。

並みの子供だったら、「もう疲れた」「腹が空いた」などと泣き喚いたのではなかったか。

しかし晴は、ただ「座っていいですか」と発しただけで、静かに腰を下ろしたのだった。

晴は、疲れを感じて、腰を下ろして休みたいと思ったのではない。体が疲れを覚えて自然に腰を下ろそうとしたので、その動作の前に、いつものように父の許しを得ようとしただけなのだ。

「父の前で〝もう疲れた〟などと言ってはならない」

などと思ったのではない。誰に教えられたのでもない。殊更意識することもないままに、自然にそのように振る舞ったのだ。

善務は、じっと人通りに目を向けて静かに座っている晴の小さい姿を見つめながら、

「この子はなんという穏やかな、いい子なのだろう」

と思い、そのいじらしいばかりの振る舞いは、善務にとって終生忘れ得ぬものとなった。

「この子は儂の宝物だ」

と、心の中で呟いた。

そして今日、善務は、晴を見送るために外に出ながら、晴の小さかった頃のことをしきりに思い出している自分を不思議に思った。

「ただ暫く留守にするだけではないか」と。

環は、今度の用向きが余人に知られてはならぬ事案であることから、大身旗本ながら、妻女を連れての私用の旅として、なるべく目立たぬようにした。

駕籠はやめて徒歩で行くことにしたのをはじめ、供の者の数も最小限にとどめて、構えも控えめなものとした。

晴も、市井の者と変わらぬほどの簡素な出で立ちとし、屋敷内での姿とは打って変わった身なりとなった。

その薄衣は、晴の豊満な体を辛うじて覆っていたが、尻の張り、胸の膨らみを隠すこと

はできなかった。嫋やかな尻は柔らかく張り出し、豊かな胸は薄衣を押し出して盛り上がり、一目でそれと分かるほどであった。

環がその姿を見て、「ちと薄着にし過ぎたか」と思った時、晴が、後ろに自分を見つめる人の気配を感じたのか、振り向いて環を見つめながら、「にっ」と笑った。

〝わたくしの旅姿は如何?〟と問いかけるように。

そして晴は、環の背後に父の姿を見つけて、足早に近寄った。

「父上、行って参りまする。留守中、お体には十分お気を付け下さいませ」

善務は、晴の旅姿を見ながら、晴の小さい頃のことをしきりに思い浮かべていたので、今やすっかり成人した晴の顔を間近にして、やや慌てて声をかけた。

「うむ。お前も気を付けて行ってこい」

かくして一行は旅立った。

品川、藤沢を過ぎて茅ヶ崎に至ると、相州の海が広がっていた。

晴はそれまで、江戸の町の高みから家並み越しに、品川沖を遠くに眺めたことがあった。それが海を見た初めてであり、全てであった。

しかし、今、目の前の海は、遮るものは何物もなく、遠くまで左右一杯に広がっていた。

晴は、

「これが海なのだ」

と、つくづく見入った。品川沖の海は、あまりに小さかったのだ。

箱根の峠は、晴にとってなかなかに難儀であった。

環が気遣ってくれて、休みながら歩いた。

峠を越えると、目の前が開け、駿州の海が見えてきた。

更に歩を進めていると、環が、

「晴……」

と呼びかけて、右手の方を指さした。

晴は、顔を上げて、環が指さす方を見遣ると、

「あっ」

と驚いた。

眼の前一杯に、大きな黒い塊が聳(そび)え立ち、それが今にもこちらに倒れて来て、そのまま自分の方を襲わんばかりの迫力であった。

「これが……あの……富士のお山……？」

江戸で見ていた富士の山は、小さかった。相模の海沿いからも富士は大きく見えたが、それとて比べ物にならなかった。

〝大きいものでも遠くで見ると小さく見える、遠くからは小さく見えても実際には大きいのだ〟とは頭では分かっていたが、それを目の当たりにすると、

「富士のお山とは、こんなに大きいものだったのだ」

と驚くばかりであった。

茫然として見上げる晴の目の中に、その裾野は入りきらなかった。それほどに大きい岩塊に、今にも我が身が襲われ、押し潰されそうな恐怖を覚えて、晴はそそくさと身を翻して皆の後を追った。

暫く歩いて、

「この辺りまで来れば、大丈夫だろうか」

と恐る恐る振り返ると、先ほどの目の前に立ちはだかった岩塊とは似ても似つかぬ秀麗な富士の山が、裾野を一杯に広げて、そこにあった。

〝これこそ、思い描いていた富士のお山だ！　富士のお山は、こうでなければならぬ〟

と心の中で叫びながら、晴は富士の山をつくづく眺めた。

見ているうちに、その美しいながらも堂々とした威厳に溢れた姿に畏敬の念を感じ、富士の山が、何かを自分に語りかけているように覚えた。それはまるで、

「お前は真っ当に生きているか？」と言っているように。

晴は思わず手を合わせ、富士の山を拝んだ。そして、

「どうぞ、このわたくしをお守り下さいませ」

と小声で呟いて、お願いをした。

晴は思った。

――きっと誰でも、この富士のお山を見れば、このように感じ、手を合わせるだろう。でも、それは何故だろう？　どういうことなのだろう？

それはきっと、こういうことなのだ。

人間は、不思議なことに皆同じ感性を持ち、大昔から、特徴的な姿の山、滝、大きい木や、お日様などの自然の中の特別なものに〝神〟が宿る、或いはそれ自体が〝神〟であると感ずるのだ。

神・仏というが、〝仏〟は、人間の姿をした仏像を思いながらお経を唱えて、現世の煩悩を取り払ってもらい、慈悲深い功徳を頂くので、まだ分かりやすいが、〝神〟は、それとは一味違って、それが宿る山、滝、大木などに相対して、自分の身の穢れを洗い流して、その清められたところに精気を頂き、生きる力を蘇らせてくれるように思われる。

悩み事の多いこの世の中で、仏に縋り、心を安らかにさせて身を救けるのも必要なことで、お願いするだけなので気が楽だが、神の前で改めて襟を正し、自らを律するのも、緊張して少し疲れそうな気はするが、人間にとって必要なことなのだろう。

しかして、神・仏といい、神社・仏閣が町中にあり、神棚・仏壇が家の中に置かれることとなり、両方が必要なのだろう――。

晴は、こんなことに考えを巡らせたが、

「気楽に自分を守ってくれる仏様の方がいいな」

との安易な気分に流されそうな気がした。

晴は、ここで気が付いた。

〝周りの景色をもっと見なければならぬ〟と。

環に言われなければ、富士の山も見過ごしてしまったことだろう。

〝箱根の険は、どんなだったのだろうか〟と思い起こしてみたが、何も記憶にない。ただ自分の足先、道筋を見ながら、環の後に付いて歩いただけだったのだろう。

〝周りを見る〟とは、ただ名所・旧跡や風景を眺めて、目を楽しませるだけではない。周りの景色を見る中で、翻って、世の中や自分の有り様などに思いを馳せることなのだ。

晴は更に思った。

〝人は旅に出て、外を見なければ駄目だ。自分の内だけにいては駄目なのだ。外から見て初めて、自分のことや自分の周りのことが、よく分かってくるのだ〟

その富士の山を、

〝心にしっかり刻み付けよう〟と、じっと眺めていると、ふと思った、

〝わたくしの胸の方が、富士のお山より、形良く豊かに盛り上がっているではないか〟と。

しかし、直ちに我に返り、霊山に対し不遜なことを思い浮かべた淫らな自分に肩を竦(すく)め

て身を返した。するとそこに、慌てふためいたかのような晴を、〝どうした？〟といった面持ちで見遣っている環が立っていた。晴を待っていたのだ。

晴はそれに気付くと、照れ隠しに「にっ」と笑いかけて、そそくさと環のもとに戻り、一行の後を追った。


暫くすると、一行は富士川に至った。

富士川は幅広く、流れも急であった。晴は、江戸の荒川もそれなりに大きいと思っていたが、この富士川は更に大きかった。

晴が川の有り様に見入っていると、環が、川向こう沿いに続く道を指さして言った。

「あの道を上流に辿って行くと、甲州に至るのだ。嘗て、父と春斎が五年間往来した道だ」

晴は、その話を春斎に聞いたことを憶えていた。そして思った。

〝あの道の先は、どうなっているのだろう？〟

晴は、あの道を先へ辿ってみたいと思った。きっと自分にとって未知の世界が広がっているに違いない。

しかし、その期待と同時に不安を覚え、〝自分には、それだけの勇気がないのだろうか？〟との思いも過る中で、晴は、川沿いの道筋をじっと眺めた。

甲州は山国である。この川沿いの道は、甲州と駿州を結ぶ重要な街道であった。

この川は、上流の山間に入っても相当に幅が広く、古くから舟運が盛んだった。物資の輸送は舟運によることが多く、この川沿いの街道は人馬の行き交う道であった。しかし、これまでの間、市井の者が旅をするのは容易ではなかった。どこの街道も、米・塩・魚などの物資の輸送や、政事・商用などの用向きのある人々が往来するだけであっただろう。

古くから、熊野詣や伊勢参りなど神社・仏閣への参詣で、市井の人々が街道を往来することはあったが、その数や範囲は限られたものであった。

この道も、上流の方に日蓮宗総本山・久遠寺があることから、参詣人が往来することは多かったであろう。

〝しかし——〟

と晴は、いささか突拍子もないことに思いを巡らした。

〝それらに比べ、圧倒的な数で街道を往来したのは、戦のための将兵の人馬ではなかったろうか〟

晴は武家の娘である。幼い頃から、父が家を出立してから何か月も戻らないことも多く、幼心に気を揉んだものだった。しかし、父が、息子にはいざ知らず、娘に、戦について殊更何も語ることはなかった。

そのような中でも、晴は、父の動静や周りから聞こえてくる話には気を付けて耳を傾けていたので、世の中の動きの大体は承知していた。

先の関ヶ原の合戦の後、暫くしてから、父に恐る恐る聞いたことがあった。

「これで、世の中は落ち着くのでござりまするのか？」

父・善務は、少し考えた後、言葉を発した。

「うむ……大きい戦がまだあるであろう……」

それは、晴が恐れていた返事であった。自分の身の回りの様子からは、落ち着いてきたと感じていたのだが、

〝自分の知らないところで、世はまだまだ動いている。戦国の世はまだ終わっていないのだ〟と悟ったのであった。


戦国の世をはじめ、合戦については、とかくその勝敗や戦いぶりが人口に膾炙（かいしゃ）されるが、その合戦のために動く将兵の行程の大きさは、改めて顧みれば驚くほどである。それも、数千から時には数万の数で動くのだ。

平時には、嘗ての信長・秀吉、そして最近の家康・秀忠の上洛（じょうらく）ということがあり、その時の規模も大層なものだとのことだが、戦闘の際のこれだけの数と行程を合わせた人の動きの規模は、他には類を見ないだろう。

古くには平安の世、征夷大将軍・坂上田村麻呂の東征では、上方から奥州へ。源平の合戦では、相州から西国へ、そして奥州へ。

そして、この戦国の世では、信玄の甲州から信州へ、そして東海・相州への侵攻。信長

は尾州から北陸へ、そして甲信・東海へ。秀吉は上方から西国へ、そして東海・相州へ。家康は江戸から上方へ。

関ヶ原の戦いでも、西国そして東国から、数千～数万の人馬が街道を移動したのである。その人数もさることながら、その行程の長さたるや驚くべきことである。

更に将兵は、ただ街道を長く進むだけではない。行き着く先で戦闘をしなければならないのだ。

晴は思った。

〝戦いが、如何に数え切れない時、費(つい)え、そして精力を費やすものであることか。街道は、そのような人間の性(さが)を、何も言わずに見守っているのだ〟と。

晴は、甲州へ続く街道を富士川越しに眺める中で、街道に関わることを、自分らしくもないほどにいろいろと考えてしまった自分に気付いて、我ながら驚き、いささか照れ臭く感じた。普段の生活では考えてもみなかったことばかりであった。

富士川は舟で渡った。

一行は更に進み、駿府に入った。大御所・家康が居住し、差配を振るった所だ。

その霊柩(れいきゅう)は当初、近くの久能山に葬られたが、程なく野州・日光山へ移葬されていた。

環は晴と共に、久能山の方向を向いて手を合わせた。

今、こうして自分が晴と共にいるのも、家康との不思議な縁によるものであるから、感概深いことこの上なかった。

環は、この地に重篤な家康を見舞った時のことを思い出していた。枕頭に座して、家康の手を握り、擦（さす）った時の、家康の柔らかい手の温もりは忘れられなかった。

一行が更に歩を進めると、大井川にさしかかった。

大井川は大きかった。先の富士川も大きかったが、その比ではなかった。川幅はその何倍もあり、川向こうは遥か遠くにようやく見えるかというほどに広かった。ここのところ良い天気が続いたので、水嵩（みずかさ）はほどほどとの由で、川の流れは真ん中の辺りとその近くに幾筋かが見えたが、その間には、川石で間断なく覆われた乾いた河原が大きく広がっていた。

「これが川というものなのだ」

と、晴は驚きの目を瞠った。

雨天が続いて水嵩が増した時には、水深が深くなり、水の流れも川幅一杯に広がって川越しはできなくなるので、何日も川待ちが続くことも多いと聞いた。そんなときの川越しは、峠越え以上に難儀なことであるに違いない。

いよいよ、川越しとなった。

荷台よろしき輦台（れんだい）に乗って、河原から川に入ると、川の流れは遠くから眺めたよりも遥かに幅広く、激しく波立ち、深さも人足の腰を越えて胸元に迫るほどであった。

輦台も時折大きく揺れ傾き、晴は、泡立つ流れを目にしながら恐怖を覚えて、台にしっかりしがみついた。

無事に対岸に着いて輦台から下りると、やれやれと安堵した。

「これで水嵩が増した時や雨風の強い時は、こんなものではあるまい」

と、川越しの大変さを実感した。

一行の旅は進み、浜松に入った。この地も家康ゆかりの地である。

環は晴に聞かせた。

「嘗て家康公は、信玄との三方ヶ原の戦いに大敗し、命からがらこの地に逃げ戻ったのだ。その恥辱を忘れぬよう、自分の〝しかめっ面をした像〟を描かせ、軸に仕立てて常に身近に置いて、〝二度と繰り返すまい〟と自分を戒め続けたのだ」

「大御所様も、〝随分とご苦労〟なされたのでございまするな」

浜松を過ぎると、遠州灘（えんしゅうなだ）が広がっていた。

相州、駿州の海も広かったが、いずれも岬が見えたりしていた。しかし、この遠州の海は、その先には遮るものは何もなく、左右に真っ直ぐに延びた長い海岸線の向こうには、ただただ大海原が果てしなく広がっていた。

晴は、改めて海の広さを知った。
〝この海は、どこまで続いているのだろう？　この先には何があるのだろう？〟
〝人は、このような風景を見て、何を思うのだろうか？〟
晴は、この果てしなく続く広い海を、しみじみと見入った。

（二十八）岳飛

浜名湖は舟で渡り、新居に着いた。そこから更に、小舟で鷲津に向かった。

小さな船着き場で、舟を下りた。

その鄙(ひな)びた船着き場は、ずっと後、時の明治天皇が、維新後、京都から新首都・東京に移る際に、浜名湖を渡る御召船への乗場となり、思いもかけぬ由緒ある所となった。

その偶然は、環・晴から見れば遠い後の世のことである。

鷲津は、静かな漁村であった。船着き場から程近い小山の裾に、法華宗本山・本興寺があった。

そこに、天寿を全うした方斎が眠っているのだった。

方斎は晩年、俳諧と書を嗜んだ。

若い頃より好んでいたのだが、多忙な医業に追われて、その機会が得られなかったのだ。

ようやくにして得た安息の日々を送る中で、句会で同席した本興寺の住職と懇意となった。

住職は、詩歌や墨絵も嗜むなかなかの文人であり、同好の友となった。

方斎は、折を見ては馬に乗ってこの寺を訪れ、風雅の楽しみを共にした。寺に伝来する名蹟を方斎が臨書したり、住職が詠んだ詩を方斎が書に認め、それに住職が絵を添えて一幅の軸に仕立て上げたりして楽しんだのである。

この寺は、東海の古刹であった。

家康の側室・西の郡局ゆかりの地で、徳川家とも縁が深く、家康から朱印を受けて十万石の格式をもって遇され、葵の紋の使用を許されていた。

方斎の長子・優斎が藩医となった三州・吉田の城主も深く帰依し、城中にあった門を寺の山門として寄進するなどして、外護していた。

そのような縁の中で、住職の奨めもあり、方斎はここに眠ることになったのである。

環は、方斎が身罷った時は、折悪しく公務に多忙で、葬儀に出席できなかった。ようやく此度、旅の途中とはいいながらその機会を得て、晴と共に墓参りのために立ち寄ったのである。

本興寺は、大きい寺であった。

遠州の西の外れにあるこのような小村には過ぎるほどの立派な名刹であった。寺域は広く、佇まいは整然として、落ち着きを見せていた。

立派な山門を潜り抜けると、幅広い参道が真っ直ぐに、見晴るかすほどに長く延びていた。その両側には塔頭（たっちゅう）が立ち並び、その先右手に寺の本坊が、見事に設えられた白壁の塀に囲われた奥まった所に、立派な構えを見せていた。

本坊を右手に見ながら更に進むと、そこで参道は終わり、見事な杉の大木の間に、十段ほどの緩やかな石段が設えられていた。

その石段を上り切ると、正面奥の方に、茅葺（かやぶき）屋根の本堂が堂々と構えていた。

二人は、その前の広場を進んで本堂に至り、お参りをした。そこから右手に進むと、墓地が緩やかな傾斜地の中に広く開けていた。

その上段の真ん中に方斎の墓があった。二間四方の腰高の石の柵で囲まれた墓地の中に、立派な墓石が建っていた。

一通りの供養を済ませた後、二人は方丈に案内された。

襖絵（ふすまえ）の見事な部屋の縁側の前には、遠州流の庭園が広がっていた。程良い広さの池を囲んで織り成す植栽を背に、大小様々な形の石が配され、右手には、端正な書院がその影を水面に映していた。

晴は、極楽浄土を思わせる安らぎと同時に、厳しく我が身を律すべしとの緊張感を感じながら、目の前に広がる見事な庭園の佇まいに暫し見入った。

先の住職は、暫く前に越後の総本山・本成寺の貫主となってこの地を離れていたが、その後を継いだ住職が、一幅の軸を二人に披露してくれた。

それには詩文が認めてあり、末尾に、

「……九十叟（そう）　荒川方斎」

とあった。

住職が、話を聞かせてくれた。

「これは、中国は宋の武人・岳飛が、夷狄に敗れた主家の復権を願って軍を起こすことを決意した折の詩です。

先代は、この軸を空海の軸と共に居室に掛けて、日夜、自らを慰めておりました。

〝その筆は、あくまで整然として、細部に至るまで繊細、且つ全体の姿は大胆、けだし名蹟と言って良い。九十叟にして、その筆力は全く衰えていない。寺宝として大事にせよ〟

と申しておりました」

環と晴は、その見事な筆遣いに暫し見入りながら、在りし日の方斎を思い浮かべていた。

晴は、忠勝の屋敷で方斎に初めて会った時のことを思い出していた。

晴は、その日は「客人を迎えての茶会の手伝い」と聞かされていたが、父が、晴の着物やその着付けに、いつになく気を配る様を見て、

〝客人とは、わたくしの婿殿となるやも知れぬお方のことだ〟と悟り、覚悟を決めたのだった。

茶会の部屋に座していた客人・環を見て、一目で、

「このお方なら」

と安堵し、嬉しく思ったのだが、同時に、同座していたその父・方斎の落ち着いた姿、話しぶり、立ち居振る舞いを見て、

「この方の子息なら、大丈夫に違いない」

と確信を覚えたのだった。

（二十九）兄弟

思いの外長居をしてしまった本興寺を辞して、街道に戻った。

暫く進んで三州に入れば、目指す吉田はすぐで、既にその吉田城が指呼の間にあった。

長旅の末、遂に二人は吉田に入った。

優斎と兄嫁・静が、門前に出迎えてくれた。

その晩の夕餉は簡素なものだった。静が、

「二人とも、長旅で疲れたであろう」

と、体に負担のかからない軽めのものを準備してくれたのだ。医者の妻女の心遣いであった。

その夜、二人は床に就くと、あっという間に眠りに落ちた。

翌日、二人は吉田の町を軽く散策した。優斎は登城日であるので、静が案内してくれた。

吉田は、東海・遠州から濃尾・三州に入る要の地であり、代々譜代大名が封ぜられていた。吉田城が、その本丸を中心に立派に聳えていた。

一方、北の豊川と南の三河湾を結ぶ地の利から、舟運・海運による物資の集散地としても栄え、商人をはじめ多くの人が行き交う大きい町であった。

町中の吉田大橋は、長い見事な造りで、堂々とした構えを見せていた。

武蔵・六郷橋、三河・矢作橋、近江・瀬田橋と共に〝東海道の四大橋〟といわれているのもよく分かるほどであった。

当時、川に橋が架けられるのはまだまだ少なく、渡船や徒渉によることが多い中で、橋は格別な存在であった。

その日の午後、優斎の帰宅を待って、環は、今回の旅の目的である家光を診た経緯と結果をつぶさに話した。

優斎は、弟の話に注意深く耳を傾けた。

「如何でござろう？」

「うむ。お前の見立てで間違いはないであろう。

薬種の処方については、近ごろ大分確かなところが分かってきたので、それでやった方が良いだろう。

藩医をしていて都合が良いのは、処方の効き具合の跡追いがしやすいことだ。武家は、城の近くにまとまって住んでおり、儂に一度かかった者は、引き続き儂にかかることになるので、その経過が分かりやすいのだ。

しかし、市井ではそうはいかぬ。春斎と相談し合ってやっているが、市井の者は、広い範囲にばらけて住んでいて、一度かかっても引き続き同じ医者にかかるとは限らず、また、少し楽になるとかからなくなるのだ。病への意識が低く、暮らしもなかなかに厳しいから、医者にはあまりかかろうとしないのだ。

その中で、秘薬と他の生薬との組み合わせをいろいろ試していると、大分確かなことが分かってきたのだ。

ただし、見立てについて、一つ付け加えるならば……」

と言葉を継いで、

「こういうこともあるぞ」

と話して聴かせた。

それを聞いた環は、「はっ」と気付き、

「なるほど、兄の指摘は正しく、的を射ている」

と即座に直感した。

「分かり申した。それは大事なことにございまするな。立ち帰ったら早速に謁見し、見定めたいと存じまする」

「うむ。秀忠殿に次いで家光殿も診ることになるとは、お前も大変じゃな。これも父からのご縁というものじゃ。心して当たるがよい。何かの折には、いつでも相談してくれ」

と、兄として弟を労い、励ました。

環と優斎は、大事な話を終えると、和やかな談笑に戻った。

「お前は、大層に別嬪な晴殿を嫁として、幸せ者じゃな。夜の営みも、さぞかし盛んなことであろう」

「いや、格別なことは何もありませぬ」

「しかし、お前達は、既に五人も子を儲けているではないか」

「静殿も、あんなにお綺麗ではありませぬか。それに七人の子持ちにござる」

男同士の話となった。

静は医家の娘であった。縁戚の中で、そして近在でも評判の美人であった。

縁戚の者の婚姻の席では、いつも末席に座らされた。

「静殿が近くにいると、花嫁が霞(かす)んでしまうから」

というのが、その理由であった。

その晩、心尽くしの宴が設けられ、四人の間で話は弾んだ。

晴は、話に加わりながら、心置きなく談笑する兄弟二人を眺めて、〝兄弟とはいいものだ〟と、しみじみ思った。

晴は一人娘で、兄弟・姉妹には恵まれなかった。

晴は、母の初産にもかかわらず〝ぽん〟と元気一杯に生まれ出た由で、これまで病気ひとつしたことがなかった。

その後、長い間、両親は次子に恵まれず、晴は一人娘として育った。それが普通のことだとして、弟妹がいないことを何とも思わなかった。

しかし、ある日、母が身籠ったとの話が耳に入った。

晴は一瞬戸惑ったが、不思議な感慨を覚えた。

「私に弟妹が出来るのだ」

晴は、秘かにその日を待ち望んだ。

しかし、母のその後の具合が悪く、安産は難しいとの話が聞こえてきた。年を重ねた後では、よくあることだとの話だった。

はたせるかな、次子は死産し、母もその日のうちに帰らぬ人となった。次子は男子であった。

父は嘆き悲しんだが、晴も茫然として、その事実をすぐに受け入れることは難しかった。

その後、父・善務は、後添えを迎えることもなく、晴と二人で今日まで過ごしてきた。

晴は、折に触れて母を想い出すことはあったが、父がいつも側にいて、可愛がってくれたので、寂しいと思ったことはなかった。

しかし、こうして全てを分かり合った兄弟の親しげな話しぶりを見ていると、遂に見ることのなかった弟のことを想いつつ、自分の孤独を感じ、自分が可哀想に思えてくるのを禁じ得なかった。

〝でも〟

と、すぐに晴は思い直した。

〝私には、夫・環がいるではないか〟

晴は、その夫の横顔をそっと眺めた。

初めての夜、環は自分を可愛がってくれた。

自分もそれに応えて、惜しげなく自慢の裸身を呈し、なされるがままに身を委ねて、深く結ばれた。

そのまま力強く抱きしめられて、環の胸の温もりを感じながら、のけ反って失神してしまった時の喜びを忘れることはなかった。

〝夫は、わたくしの胸の温もりを感じただろうか〟との思いとともに。

晴は、ふと我に返り、淫乱なことを思い出してしまった自分に気付いて、慌てて環を見遣ると、環は、

「どうした?」

といった面持ちで見返していた。優斎も同じように。

晴は、また慌てて静の方に目を逸らした。

静が、折良く声をかけた。

「殿方は、あちらの部屋でゆっくりなさいませ。膳を片付けまする」

環と優斎は、追い立てられて先の部屋に移った。

また男同士の話となった。

「城中でも、この頃は、いろいろな相談を受けることがあってな。子宝に恵まれぬ者達からは、

〝どうしたら子供を儲けることができるのか〟とか、

〝どうしたら男子を儲けることができるのか〟といったようなことだ。

初めの頃は、人目を忍んで問いかける者が多かったが、最近は堂々と尋ねる者が多くなった。

世の中が落ち着いてくると、医術の中身も変わってくるものだ。

だが実際、儂らにそのようなことを聞かれても困るものだ。

とはいいながら、武家にとっては切実な問題だ。

この辺りのことについては、市井の産婆の周りの者達の方が、よほどよく心得ているのではとも思われるのだが、今後の世の中のことを考えれば、これまでの医術の見落としたこと、欠けている部分かも知れぬとも思われ、少しく調べてみた。

女人特有のいろいろな病について記した書物は幾つかあった。儂もこれまで少なからず診て治療してきたが、なかなかに厄介な病が多いようだ。また、古くから世俗に伝承されている、赤子に関わる陋習（ろうしゅう）を記したものもあった。

一方、子宝に関わるものでは、閨房の術を説いた書物や絵解き物も、人目に付かぬとこ

ろで流布しているようだ。交わりの体位や強壮の生薬などが細かに記されている。

そのようなものを参考にしながら、自分の拙い技も踏まえて相談に応じているといったところだ」

「禁中のやんごとなき人々の娘達には、手練れの老女が体を張って、閨房の術をこれでもかというほどに叩き込むとは聞き及びますな」

「武家の娘はどうじゃ？」

「いや、格別のことはありますまい、ごく普通の営みでありましょう。

市井では、体を売る女人は、相応の術を心得ているのだろうと思われまするが、知る術はありませぬ」

「晴殿で満足しておるのじゃな」

と、だんだん際どい話に至ってしまった。


環は、そんな話をしながら、ふと思った。

〝武家の娘である晴は、或いは閨房の術なるものを心得ているのだろうか？

自分は、その術の中で踊らされているだけなのだろうか？〟と。

〝しかし〟と、すぐに思い直した。

〝そのようなことはどうでもよいことだ。晴といつも深く結ばれながら歓喜を共にし、子宝にも恵まれた。それ以上の何があろうか〟と。

〝それにしても、晴に一度聞いてみようか〟などと、更に淫らなことが浮かんだ時、

「御免下さいませ」

と声が聞こえ、静が部屋に入って来た。

「あちらに、お茶の支度が出来ております。一服如何？」


ひとしきり四人での談笑の後、環と晴は、離れ屋に設えられた寝所に入った。

環が先に床に就いていると、晴がいつものように立ち姿で入ってきた。

環が身を起こすと、晴は環を見遣りながら寝衣を肩越しにさらりと足元に落とし、旅の疲れも感じさせぬ豊満な裸体を曝け出した。

〝この立ち姿で、豊かな胸を露わにした裸身を呈して、儂を喜ばせるのが、晴の閨房の術の一つかも知れぬ〟との思いが一瞬過る中、環は立ち上がって、晴を強く抱き締めた。

二人はその夜、江戸を出立以来、久しぶりに深く睦み合った。今、自分達は兄の家にいるのだということをすっかり忘れて。


善務は、自分の、そして晴の故郷を訪ねてもらうことを願っていたのだが、今回の旅はお役目のためであり、不要に日時を費やすことは避けなければならなかったので、それはまたの機会にということにして、二泊の逗留後、早々に優斎の家を辞し、江戸への帰途に就いた。

（三十）男子とは

環は江戸へ帰着後、直ちに利勝に面談した。

「今一度、家光殿の立ち居振る舞いを観察いたしたく存じまする」

と言って、優斎との話の経緯を報告した。

利勝は、よく理解して言った。

「相分かった。追って沙汰を待て」


数日後、環は家光に謁見することとなった。

その日、環と利勝が奥まった部屋で待機していると、家光が威勢よく入って来た。

「お元気なお方だ」

と思いつつ、平伏しながら、その瞬間から環の観察は始まった。

歩を進めながらの体の動き、立ち居から座すまでの身のこなし、など……。

「環、今日は何用じゃ」

「はっ、利勝殿と茶飲み話に参ったところにございまするが、久しぶりに若殿のご機嫌を伺いたく、お願い申し上げたのでございまする」

「左様か」

と言って、暫し世間話を交わした。

その間も、環は家光の体の動き、話しぶりを観察し続けた。家光に気付かれぬようにさり気なく。

暫くして家光は、

「環、また来てくれ」

と言って立ち上がり、部屋を出て行った。

環は平伏しながらもなお、家光が立ち上がり、歩み去る動きを観察し続けた。

利勝も、そんな環の目線に誘われながら、家光の立ち去る後ろ姿をじっと見遣った。

家光が去ったのを見定めると、利勝が言った。

「如何じゃ？」

「左様、格別の新たな所見は見当たりませぬ故、安心したところにございまするが、念のため、これまでの分を合わせて見直し、改めてお報らせしたいものと存じまする」

「相分かった。殿に報らせる故、追って沙汰を待て」

環が観察したのは、家光の体の動きである。

「もし脳髄の奥に病があれば、それは、僅かながらでも体の動きに現れるものだ。立ち居振る舞い、話しぶりにぎこちなさがないかを見極めるのだ」

というのが、優斎の助言であった。

言われてみれば格別のことではないが、大事なことで、当初はその点に気が及ばなかったのだ。

暫くして、環は秀忠に謁見することとなった。

秀忠、利勝との間だけの密やかな鼎談となった。

「家光の見立ては如何じゃ」

「病の兆しは何もございませぬ。病が親から子へ伝わる度合いは、徐々に弱まるものにござる。上様の病が軽微なものであった故と思われまするが、その病の根が若殿に伝わり、癇の気が強くなっているとは考え難く、その兆しは認められませぬ。

ただし、癇の気が強過ぎることについては、若殿が若年の間は、それを弱める手立てを講ずることが好ましいことは、先にお話しした通りにござる。

その一つは、生薬を服することにござる。これも先にお話しした通り、病の治療ではなく、常日頃の立ち居ふるまいの一つとして、予め体を望ましい状態に導いておいて、癇の気が強く表に現れるのを防いでおくということにござる。

秘薬を中心とした薬種の処方は、今回、兄・優斎から示されたものによるのが良いと思われまする。

もう一つは、若殿の周りからの心配りとして、お側に心穏やかな者を配するのがよろしかろうと思われまする。

人は、側に穏やかな者が居れば、自らも自然にそれに合わせて穏やかになるものにござる」

「うむ」

と秀忠は頷き、利勝と暫し見合っていたが、

「忠秋じゃな」

と呟いた。

利勝は、秀忠の言に深く頷き返した。

環は、すぐに、

「忠秋とは、あの善四郎のことだ」

と悟った。

環と晴の婚姻の宴の時、環の前に座して挨拶をし、環に清冽（せいれつ）な印象を与えた若者が、同じ旗本として澤田家と昵懇の間柄にあった阿部家の善四郎であった。

環は意外な展開に驚き、

「縁とは不思議なものだ」

と感じ入るばかりであった。そして、

「善四郎は、今や立派な侍になっているのであろう」

と思いを馳せた。

善四郎・阿部忠秋は、既に以前より家光に近侍していたが、この後、更に家光の側近くにいて何事にも行を共にし、家光を支えていくこととなったのである。

しかし、そこに環の進言に基づく秀忠・利勝の密やかな、しかし重大な差配があったことを、当の忠秋をはじめ、周りの者達が知ることはなかった。


しかし、善四郎には、これより先に苦難に悩む時期があった。

まだ年若い頃、近侍していた家光の言に、窘める意見をしたことがあった。

家光にはすぐに分かった。自分の言ったことは正しくなく、善四郎の指摘は的を射たものであることを。

しかし家光は、意見されて愉快ではなかった。その時より、家光は善四郎を敬遠し、遠ざけるようになったのである。

「自分は一体、どう身を処すればよいのだろうか」

と善四郎は思い悩んだ。その悩みは長い間続いた。

しかし善四郎は、その間も不平を漏らすことなく、忍耐しながら近侍し続けた。

そんなある日、江戸をはじめ関東一帯に大雨が降り続き、荒川に氾濫の恐れが出来した。

その報を聞いた家光は、旗本どもに号令をかけ、豪雨の中、視察に出かけた。

荒川の堤防にさしかかった時には、川は幅一杯に濁流が渦巻き、既に堤防を越えんばかりになっていた。遠く下流に見える橋脚もほとんどが水に没し、渦巻く波に翻弄されていた。

家光は、その有り様を見ているうちに無性に腹が立ってきた。

「東照大権現・家康公以来、数々の普請をしてきたのに、未だこの川は荒ぶっているのか」

と。そう思った途端、

「誰かある、この川を渡る者はおらぬか！」

と叫んだ。

旗本達は息を飲んだ。そして皆声も発することなく、下を向いて身を縮こませた。

皆、心の中で、

「とても渡れるものではない、あの馬垣殿とても……」

と思い、自ら言い逃れをするだけであった。

〝馬垣〟とは、馬垣平九郎のことである。野州・宇都宮の筑紫市兵衛、筑後・柳川の立花右近将監と共に〝寛永の三馬術〟といわれる馬術の名手であるが、その名は武家の間で夙に知られていた。

家光は、号令を発したものの、すぐに後悔していた。

「この荒れ狂う川は、とても渡れるものではない」と。

しかし、自分の言を自ら取り下げることは、もはやできなかった。そして、周りを見回して、誰も名乗り出る者がいないのを見て取ると、続いて声を上げた。

「旗本八万騎といえど、誰もおらぬのか！」

　この時、ずいと馬を進めた者がいた。

「善四郎か」

　善四郎は、軽く家光に会釈し、馬を進めた。

　それを見た家光は、慌てて引き止めようとしたが、その時既に、善四郎は馬を川に乗り入れていた。

　この時、善四郎は、家光のこの途轍もない下知を受けて、それをやり果せ、自分を改めて認めてもらおうという考えが頭を過ったことは確かであった。

　しかし、馬を進めた瞬間からそのことは頭から消え去り、武者としてこの荒ぶる川に立ち向かおうという懸命な心意気のみが残っていた。

　川に乗り入れた後、暫しそこに留まった。怖気づいたのではない、馬を奔流する水に慣らすためである。

　川の石は大小様々で、且つ滑りやすい。善四郎は、ゆるゆると馬を進めた。脚が石に滑る気配を感じ取ると、直ちに手綱を引き締め、馬体が流されそうな気配を見ると、手綱を引いて馬首を上流に向けて立て直し、馬脚を踏ん張らせた。

　奔流に抗いながら、懸命な手綱捌きを続けて、ゆるりゆるりと馬を進めるうちに、人馬は川の真ん中まで進んだ。馬はようやく首だけを水面からのぞかせ、善四郎の陣笠が荒波の間に見え隠れするだけであった。

激しい水の流れの中で、手綱を掴む手袋が滑らぬよう、善四郎は渾身（こんしん）の力を振り絞った。

「善四郎、滑るなよ」

と、家光は心の中で叫び、旗本どもも声も出ず、ただただ見守るだけであった。

人馬は、ようやく馬の背が水面から現れるほどに向こう岸へ近づいたが、善四郎は、最後が大事と手綱を引き締め続けた。

その頃になると雨は小止みになり、薄日さえ差してきた。

そして、人馬は向こう岸に辿り着いた。そこで暫く立ち止まった。馬に、水を離れて岸に上がることを自覚させるためである。

そして、遂に人馬は一気に岸へ駆け上がった。そこで、また止まった。人馬ともに冷えて疲れ切った体を休ませたのである。

暫くすると、馬が体を震わせて水を切り、嘶（いなな）いた。善四郎はそれを見て、直ちに馬体を翻して、馬首を川の下手へ向け、鞭（むち）を入れて、下流の橋目がけて堤防の上を疾駆させた。

薄日を浴びて輝きながら、鬣（たてがみ）、尻尾を靡（なび）かせて、両足を上げて疾走する人馬の姿は、まさに一幅の見事な武者絵であった。

旗本どもは、茫然として歓声を上げることも忘れ、ただただその天晴（あっぱれ）な光景を眺めやるだけであった。

善四郎は、橋を回り元へ戻ると、馬よりさっと飛び降り、家光の前に進んで立て膝で畏まった。

家光は、言葉をかけた。

「善四郎、許してくれ。これからも意見してくれ。そして儂を助けてくれ」

この話は、忽ちのうちに武家の間に広まり、更に市井にまで伝わって、家光と善四郎忠秋との間の美談として評判となり、後世にまで伝えられることになったのである。

この話は、環のところにも聞こえて来て、善務と共にする夕餉の折にも話題となった。善四郎は、澤田家と昵懇の阿部家の子息で、幼少の頃よりよく知っているので、尚更の話の種であった。

善務と環が弾ませる話を、晴は静かに聞き入っていた。何か言いたげな風情を時々現しながら。

その夜、晴は寝所で、環の寝衣への着替えを膝立ちで手伝いながら、呟いた。

「さても、男子は、何とも途轍もないことをするものにございまするな。
言う方も言う方じゃが、聞く方も聞く方じゃ。
女子には、とんと分かりませぬ。
男子というものは、まこと不思議なものにございまするな」

と言って、環をじっと見上げた。

〝あなた様は如何？〟と問いかけるように。

「儂とて男子の端くれじゃ、何をするか分からぬな」

「まあ」

と言って、晴は呆れ顔をして部屋を出て行った。

晴は、自分のこれらの言葉は家光を批判することになるので、夕餉の席では言うのを差し控えたのであろうか。

その夜、環は晴の豊満な裸身を、途轍もなく激しく嬲り上げた。

晴はそれに応えて、嬲られるがままに身を委ね、女子も媚態の限りを尽くしたのであった。途轍もなく。

（三十二）我慢

環は、秀忠の時と同じく、殿中の奥まった所にある家光が私的に使う部屋で、薬草を煎じた茶を家光に供していた。

「お味は如何でござる？」

「うむ、濃い煎茶のようだ。何とも言えぬ香りがあり、滋養がありそうな気がする」

「それは良うございます。普通の茶のつもりで、ゆっくりお飲みになればよろしいのでございます」

「癇の気が強いのはよう分かっておる。癇癪を起こして、その都度すぐに気付き、後悔するのじゃが、何ともならぬ」

「こうしては如何でございましょう。人の話を〝よく聴く〟のでございます。人の話を途中で遮ってはなりませぬ。話が終わるまで〝我慢する〟のでございます。事が思うように進まぬ時も同じにござりまする。

神君家康公は、人の話によく耳を傾け、よく考えるお方にござりました。

人は、全てを一人でやることはできませぬ。まして、若殿の場合は尚更にござります。

周りの者は、良かれと思って言い、動くのでござります。その者の心を〝思い遣る〟ことが大事にござりまする。

この茶は、それを手助けするものにござります。血の巡りを良くして体調を整え、人へ〝気配り〟する余裕を、我知らずのうちに持たせてくれるものにござりまする」

「相分かった。これからもいろいろ教えてくれ」

と言いながら、家光は環を見遣り、思った。

――これまで自分には、親身になって相談に乗ってくれる者がいなかった。しかし、この者なら大丈夫だ。儂の味方だ――と。

家光と環との間の絆が強まった瞬間であった。

この茶の薬効は、優れたものだった。

半年ほどで、家光の癇の気はみるみる穏やかなものとなり、一年を待たずして、ほとんどその兆しはなくなって、秀忠・利勝を安堵させた。

しかし、環は秀忠・利勝の許しを得て、更に茶を飲み続けさせた。ただし、だんだんに弱い処方にしていきながら。

家康・秀忠が戦場を駆け巡って苦労をしたのに対し、家光はその苦労をすることなく将軍になる立場にあるのだが、その家光に、苦労して〝我慢する〟ことをその身に沁み込ませるためであった。

〝茶を飲む〟ということは、日常生活の中の些細なことだが、それを毎日続けることは、忍耐強く〝我慢〟して、体・心を鍛えることになり、癇の気が立つのを予め防ぐこととなるからである。

その話をした時、秀忠・利勝は大いに合点した。

その後、半年ほど経った頃、秀忠は大御所となり、家光が征夷大将軍となった。

忠秋は、その後も家光を支え続けて、武州・忍をはじめとして八万石の大名となり、老中を、驚くべきことに前後三十年余りにわたって務めて、家光、そして続く家綱の幕政を支えたのである。

善四郎・阿部忠秋は、単なる美談の主人公ではなかったのである。

そのひたむきな姿に、知る人々は尊崇の念を抱き続けた。

（三十二）朝の日差し

環は、一千石の加増を受け、八千石の大身となった。

しかし環は、自分が診た人物・家光が元気に活躍する様を見ることが、何よりも嬉しかった。それも天下の将軍として。

その夜、内輪だけの祝宴が設えられた。前回に同じく控えめとなるよう、晴が差配した。

翌日、非番であった環は、明かり障子を開け放った居室に座し、外廊下越しに中庭を静かに眺めながら、物思いに耽っていた。明るい、昼前の柔らかい日差しが心地よかった。

父・方斎から引き継いだ将軍家への〝医〟の役割は、遂にこれで終わりとなったことに、深い感慨を覚えていた。そして、これからは幕臣として、岳父・善務から受け継いだ幕政の重職に専心することとなることに、覚悟を新たにしていた。

思い返せば、父・方斎が竹千代時代の家康の病を治療したことに端を発して、将軍家の世継ぎ問題に巻き込まれて翻弄されるという思いもかけぬ運命を辿ったが、これまでのその長い間の中で、父・方斎、兄・優斎、そして春斎と共に、

「自らを見失うことなく、多くのことを学びながら、懸命に、しかし活発に生きてきた」

との思いに幸（さいわい）を感じつつ、充実感があることに、心の安らぎを覚えていた。

その時、晴の奏でる琴の音が、明るい空気の中に晴々（はればれ）として響いてきた。環の心に、琴の妙なる調べとともに、晴の情愛に溢れる心根が柔らかく染み入った。

暫くすると琴の音が止み、晴が部屋に入って来た。豊かな髪を丁寧に結い上げ、明るい淡青色の着物を折り目正しく着付けた、惚れ惚れとする端正な、そして晴れやかな姿であった。

環には、忠勝の屋敷で晴に初めて出会った時のことが思い出された。

晴は環の前に座して、暫し環を静かに見遣り、

「にっ」

と微笑みかけてから、立ち上がり、環から少し離れた所まで遠ざかったところで身を返し、環の正面に向いた。

晴が足袋を脱ぎ、両手を腰に回して帯を解いて着物を肩越しに脱ぎ落とし、襦袢そして腰巻を取り払うと、朝の明るい日差しの中で、一糸まとわぬ豊満な肉体が、その全てを曝して光り輝いていた。

「わたくしは……これからも……ずっと……ずっと……あなた様のもの！」

と、その肉付き溢れる裸身が叫んでいた。

環が立ち上がって、その豊満な裸を抱き締めると、晴は環を見上げながら縋り付いた。

「晴を……これからも……ずっと……ずっと……可愛がって下さいませ！」

と、その愛らしい小さな唇が叫んでいた。

（三十三） 達磨図

荒川方斎・優斎の子孫は、代々三州・吉田藩の藩医を務め、維新後も医家として続いた。〝荒川〟姓が家康から与えられたものであることは、その経緯とともに代々伝えられ、家の誇りとされた。

幕末の頃、肥州の藩医と交流がある中、当時恐れられていた痘瘡（とうそう）の近代医学的な試みを聞いて自らも試みるなど、先進的な当主もいた。

維新後、当主は、近代医学を学び、独国留学を経て帝国大学の教授となった。

澤田環・晴の子孫は、代々大身旗本として続き、幕末の当主は開明的で、若い頃より嗜んでいた書を通じて、三州・田原藩の江戸家老・渡辺崋山（かざん）と交流があった。

崋山・渡辺登は、画をもって世に知られていたが、書も能くし、その筆は澤田家に伝来する方斎のものに似ていたのである。

幕末の動乱の中で、崋山をはじめ多くの開明の士が挫折する中、澤田家は微動だにしなかった。それは、当主がその動きに無用に深入りすることを避けたためであった。

そしてそれは、当主が、

「分を弁える」

ということを心得ていたためであった。

〝分を弁える〟とは、消極的になるのではない。きたるべき将来を見通しながら、

「今、自分は何を為すべきか」

を知ることである。

その時目の前にあるだけのことに関わって、それに翻弄されるのではなく、自分の足元を見定めて行動することである。

その心得は、環以来、澤田家に伝来し、処世の訓（おしえ）として、自然に代々の当主の身に付いていたのである。

しかし当主は、そのように達観して、心を平静に保っていたわけではない。

崋山が、開明の強い志の流れに身を置きながらも、一方で自らを律することのできる〝分を弁える〟人物であることを知ってはいたが、その志の発する言動・動静を危ぶみ、身の安全を危惧していたのである。

崋山は、憂国の情を抑えきれず「慎機論」を著したが、それを公表すれば幕政批判の科（とが）を受け、家族・藩に累を及ぼすこと必至であることに思いを至して、そのまま手元に留め置いたのである。

しかし、その存在が幕吏の知るところとなって、崋山が投獄された折、その師である松崎謙堂の助命嘆願を、澤田家当主は陰ながら支えて、田原蟄居（ちっきょ）と成し得たものの、その後、遂には救うことができなかったことに、深く慨嘆した。

崋山は、絶筆〝不忠不幸渡辺登〟を遺した。それを知った当主は、文言の上では、自分の成し得なかった開明の志には全く触れず、ただただ〝藩への不忠〟〝家族への不幸〟のみを詫(わ)び記して、自分の志はその文言の裏に託した心根を推し計り、行き所のない哀惜の情が募るのを禁じ得なかった。

後に、この書は、赦されて建立された墓石に刻まれた。当主は、その拓本を得て軸に仕立て、崋山の傑作「達磨図」の軸と共に居室に掛けて日夜接して、優れた人物の人となりに思いを馳せながら自らの心を慰め、処世の援(たす)けとした。

当主は、維新後、旧幕臣でありながら新政府に重用されて、その要職を歴任し、後に、医学専門学校を設立してその理事長となり、男爵に叙せられた。

方斎が望んだ医の心が生きていたのである。環が当初医家であったことは代々伝えられて、武家としての生業が続く中で、忘れ去られることはなかったのである。

豊田春斎は、方斎の治療所を受け継いで、その子孫は代々医家として続いた。

維新後、当主は引き続き医を生業としながらも、周囲の人々に推されて地方政治家となり、郷土の発展に尽力した。

没後、その遺徳を偲(しの)ぶ人々により、近くの小高い丘に顕彰碑が建立された。

（三十四）抜け穴

維新からずっと後になって、京都府下の医家の蔵にひっそりと納められていた古い文書が、当主の目に触れたことがあった。

その医家は、遠い昔から代々官医として続き、維新後の当主は、近代医学を修めて市井の医者となり、この時の当主は、国立病院の院長を務めていた。

〝官医〟とは、奈良・平安の昔から、唐〜宋〜明との交流の中で、その時々の最先端の医術を学び、禁中・公家をはじめ、官人や官の設けた治療所で病の治療に当たった医者である。

戦国の世に、僧医が武家社会や市井の中で活動を盛んにすると、僧医とないまぜになりながら医療を担い続けた。

その蔵は、代々当主以外の者は近づくことを禁じられており、長い間、半ば放置されていたのだが、外壁の傷みが甚だしくなり、下地の土壁を含めて壁全体を塗り替えることとなったのである。

この家の当主は、代々医をもってその生業としていたが、地主でもあったので、一際大きい米蔵をはじめ何棟もの蔵を有しており、一斉に修復することとなった。

壁の塗り替えはなかなかの大仕事である。庭先で大きい鉄鍋に薪で湯を沸かし、その中に棒のような乾ききった膠(にかわ)を入れて、煮込んで溶かし、その液で溶いた漆喰(しっくい)を、職人技で素早く壁に塗り込むのである。

乾けば百年以上長持ちするのだ。日本画を描く時、岩絵具を膠で溶いて使うのと同じである。


当主は、この滅多に見られない、自分でも初めて見る光景を興味深く眺めながら、物思いを巡らしていた。


この壁塗り作業に先立って、蔵の中の文物を一旦外に取り移しておいたのだが、当主がその幾つかを何気なく手に取って目を通していると、気を引く文書が目に触れたのである。

それは、何代も前の父祖の、私的な日誌といったもののようであった。

その中に、高位の公卿(くぎょう)と思しい人物について記した件(くだり)があった。名前は記されていない。

この公卿は、年若いが帝の信任厚く、禁中での有力者の模様であった。しかし、その公卿は、外見では分からないものの難病を患っており、その治療のため、薬石の処方についていろいろ工夫を重ねている様が記されている。しかし、その成果が見られないことを嘆き、悩んでいる様も記されている。

「どこぞに顕著な薬効のある薬草があり、秘薬とされている」

との噂が聞こえたので、典薬寮に調べるよう頼んでいるが、未だ何の連絡もないことへの不満も記されている。

ふと気が付くと、その行の料紙の裏に、走り書きがあるのが透けて見えた。

曰く――

某月某日。

公卿は、禁中の奥深い一室で、自分の治療に当たる奥医を前に、ふと声を発した。

「麿は、あと一か月は生きなければならないのでおじゃる」

「……」

「一か月は生きて、君の世が蘇るのをこの目で見届けなければならないのでおじゃる」

「……」

話が通じず、分かり兼ね、困惑している面持ちの奥医に、

〝麿の苦渋を分かってもらいたい〟との一心で、更に密やかに呟いた。

「程なく、家康が政宗討伐の軍を起こす。その報は、即刻、政宗から清正に伝えられ、清正は、それを直ちに麿に報じ、政宗と清正は相和して出陣せんとする。麿はそれを君に奏上し、君はそれを〝是〟となされるのでおじゃる。

清正は西国の将を、政宗は東国の将を、秀頼を奉じて君の御名の下に結集し、〝豊臣家を蔑ろにして、我欲のため世を乱す者〟として、家康を誅するのでおじゃる。

そしてその後、君の世が蘇るのでおじゃる」

その文言は、その日の日誌を記した料紙の裏側に、密やかに薄墨での走り書きで、ごく簡単に記されていた。他聞を憚る仕業と見えた。

当時、家康が征夷大将軍になってから、禁中・公家に、何かにつけて厄介な注文を付ける様に、彼らの間に不満が高まっていた。先の太閤の時代のことが思い出され、豊臣家並びに豊臣大名達との絆を良しとする空気が広がっていたのだ。

加藤清正は、宿敵・石田三成を誅伐すべく、関ヶ原の戦いでは家康に与したが、その後、その時の旗印であったはずの豊臣家の存在を忘れたかのような家康の強権ぶりを良しとせず、名古屋城の築城で活躍するなどして家康のために力を致す一方で、太閤の洪恩に報いることを期して、未だ年若い秀頼の後ろ盾となって、豊臣家を復権せしめるための手立てを模索していた。

そこに、伊達政宗から謀略の誘いがあり、〝絶好の機会〟とそれに与したのである。確かに、唯一・無二の策と見て取れた。

豊臣大名の旗頭として、禁中・公家と良好な関係を続けていた中で、同じ思いを抱く高位の公卿と相携えて、この謀略を整えたのである。

しかし、期待に反して、何故か家康は動かなかった。その結果、この謀略は不発に終わり、公卿は吉報を待ち続けながら、一か月を待たず、年若くして卒したのである。

更に清正も、その後間もなく、公卿に相似て長命に至らずして没し、遂に公卿が願った君の世が蘇ることはなかった。

帝の復権を強く願う有力公卿と、豊臣家の復権を強く願う豊臣大名の雄・清正という得難い人物を失い、その陣営にとって、二度とない大きい機会が失われたこととなった。

家康は、この謀略の事実に仰天したのである。出陣していたら〝朝敵〟になってしまったところであったからである。

この、実に凄まじい謀略は、禁中の奥医という思いもかけぬ抜け穴から綻びてしまったのであった。この奥医が環に書状を寄せたのだ。

当主は、この文書を前にした時、

〝この走り書きの通り、世の中は動いたのだろうか？〟或いは、

〝この走り書きが、何か世の動きに関わることがあったのだろうか？〟と思いを巡らし、

〝少しく調べてみようか〟との考えが一時過ったが、

〝病に関わることについて、本人以外の者に開陳してはならない。ましてや禁中に関わることは尚更である〟と思い至り、自身も公務に多忙であったこともあり、何をすることも

なかった。

後に当主は、職を辞して隠居した晩年、ふとした折に、この文書のことを思い出したことがあった。

そこに記された走り書きの意味するところを改めて思いなぞった時、驚愕のあまり言葉を失って慄然とし、我が身が打ち震えるのを覚えた。

先の維新の時、薩摩藩・長州藩を中心とした討幕軍は、〝錦の御旗〟を掲げて〝朝敵〟となった幕府軍を攻め、徳川三百年の世に終止符を打ったのだが、もし、この走り書きに記された〝謀略〟が実行されていたら、〝朝敵〟となった徳川の世は、とてもこの維新を待つことなく、三百年どころかその遥か前、その形さえ成す前に、早々と消滅したところであったのだ！

しかし、今日までの歴史の教えるところによれば、その頃、この謀略によると思われるような戦乱はなかった。一触即発といった危急の事態があったという記録もない。

この謀略は、余人が知ることもなく、不発に終わったのだろう。

ここで当主は、その父祖の日誌に記された一文を思い出した。

「どこぞに顕著な薬効のある薬草があり、秘薬とされている」

という噂の件である。

当主は、思い至った。

「この秘薬を調べるように父祖に言われた典薬寮が速やかに動き、更に、父祖が督促を重ねて典薬寮が然るべく動いていれば、必ずその秘薬を見出すことができたはずだ。既に噂に出回っているほどであったのだから、官の力をもってすれば、それほど難しいことではなかったはずだ。

そして、その秘薬を処方された高位の公卿は快方に向かい、或いは快癒にさえ至っていたであろう。

さすれば公卿は、自分に残された命の時間に責め立てられることはなく、残された時間との鬩ぎ合いの苦衷の中で、苦しい胸の内を奥医に呟くことはなかったはずだ！

さすれば、この謀略は、成功していたに違いなかったのではないか！

秘薬の存在に気付きながら、時間を無為に費やして、その秘薬を入手しなかったのだ。それが、今あるこの世の中を全く別の世界に変えたに違いないこの〝歴史的な大事件〟を不発に終わらせてしまったのだ！

それは、薬・医の当事者のなんという怠慢、気の回らぬ何とも粗末な振る舞いが、〝一瞬の大事な時間〟を、それと何も気が及ばないまま空費してしまったことによるのだろう」

しかし当主は、暫しの興奮から我を取り戻し、更に思いを巡らせた。

「その時、この謀略が成功して世の中が変わったとしたら、その後の世はどのように推移したであろうか。

一匹狼である政宗は、この謀略を清正に投げかけた時、

〝儂が天下の覇者になる〟

と思い込んでいたのではなかったろうか。

さすれば、禁中・秀頼を奉ずる清正や、他の豊臣大名との間に軋轢が生じるなど、その後の世の中がどのようになったであろうかについて推し計るのは、難しい状況を孕んでいたのではないだろうか。

翻って、結局、何事もなくそのまま存続した徳川政権の下での世は、当時、決して悪いものではなく、その後も良い時代であったからこそ、三百年の長きにわたって続いたのであろう。

さすれば、この謀略が不発に終わったことについて、

〝何とも惜しいことをしたものだ。薬・医の当事者は何をしていたのだ〟

と先人の怠慢を誹る(そし)ことは、当時が極悪の世であったのならまだしも、結果的には必ずしも当を得たことではないのかも知れない」

しかし、当主は、

「〝為すべきことは、遅滞なくやらねばならない〟という教えは、いつの世でも、何事に

於いても、真実であろう」
と改めて痛感した。
そして、更に、
「医の世界でも、近代医学を学んだ今に至っても、病に苦しむ者は多い。治療法の進歩を目指すのに、一刻も怠ってはならぬ」
と思ったのである。

この時、当主は、母屋から渡り廊下で繋がっている蔵座敷に座して、何をするでもなく外廊下越しに中庭を眺めていたのだが、何の前触れもなくふと思い出し、気が付いたこのあり得たかも知れぬ驚くべき歴史の瞬間に遠く思いを馳せて、いろいろと思いを巡らせると、世の中の歴史の有り様に粛然として、ただ空（くう）を見つめるばかりであった。

丁度その時は、秋の収穫時であった。当主は、座敷から中庭に出て裏庭の方へ行ってみた。

裏門は、普段は閉め切ってあり、人は潜り戸から出入りしているのだが、この時は大きく開け放たれて、米俵を積んだ荷車が次々に裏庭に入り、大勢の人足が米俵を米蔵に運び入れていた。

先年修復を終えた一際大きい米蔵の白壁が、昼前の明るい日差しを受けて、白く輝いていた。

先に一連の蔵の修復が終わった後、この父祖の文書は、他の文物と共に元の通り蔵の奥深くに戻され、再び人の目に触れることはなかった。

ただし、この事実は、戦国の時代に生きた父祖の事跡の一つとして家内で伝えられ、その後も代々語り継がれて、長く続く医家の誇りの一つとなった。

完

（付記）

文中に固有名が記されているが、物語は全てフィクションである。

著者プロフィール

今成 訪（いまなり ほう）

東京都出身。
技術者、機械製造会社勤務（ロンドン駐在事務所在勤含）。
同社退職。

方斎の秘薬 家康の謀（はかりごと）

2023年1月15日　初版第1刷発行

著　者　今成 訪
発行者　瓜谷 綱延
発行所　株式会社文芸社
〒160-0022　東京都新宿区新宿1－10－1
電話　03-5369-3060（代表）
03-5369-2299（販売）

印刷所　株式会社暁印刷

ISBN978-4-286-28024-0